JN069003

皇太子
婚約したら
余命が10年に縮んだので、
謎解きはじめます!

アーノルド
皇太子。なかなか素直になれない、ツンデレな殿下。シャリアーゼのことが大大大好き。
シャリアーゼ
余命が見える能力を持っている公爵令嬢。80歳まで生きるはずだったが、皇太子殿下と婚約したら、余命があと10年に減ってしまった！
主な登場人物

コンラート
王弟殿下で、アーノルドの叔父にあたる。ジェフとは学園の同級生。アーノルドにはあまり似ていない。
殿下こっち向いて
ミミリア
シャリアーゼの同級生。予知能力があるらしい男爵令嬢。彼女の余命はなぜかちょっとおかしくて……？
ジェフ
アーノルド殿下の側近。知的で真面目。殿下に信用されている。もともとは王弟の側近候補だった。
メイ
シャリアーゼの侍女。余命が見えるというシャリアーゼの能力を知っている、唯一の人物。

Contents

余命が10年に縮んだので、謎解きはじめます!

富士とまと

イラスト
新井テル子

プロローグ

10歳の誕生日の1カ月後に事件は起きた。

私は、どういったわけか残りの寿命が見える。余命と言った方が正しいだろうか。

生きられる年数が見えるから、現在の年齢と足せば死ぬ年齢が分かるので寿命と言っても差し支えない？　と、そんな些末なことは置いといて。

寿命が分かることは事件ではない。まぁ生まれた時からなのでね。

「これで婚約が成立した」

公爵令嬢の私は、皇太子殿下との婚約調印書に署名したその瞬間……。

「ひゃぁーーーっ！」

思わず、白目をむいてぶっ倒れた。

「シャリアーゼ、大丈夫か！」

お父様が慌てて駆け寄ってきたけど、だ、大丈夫じゃないです……。

口から泡をぶくぶく吐かなかっただけでも偉いと思ってください。

私、皇太子と婚約したら、残りの寿命があと10年に減ってしまいました！

まだ、あと70年……80歳まで生きられるはずだったのに。

署名したとたんに、残り10年……20歳の若さでこの世を去ることになってしまいました。

「なんだこいつ？　病弱じゃねぇよな？　だったら婚約破棄もんだぞ」

皇太子の声が聞こえてきます。婚約破棄、ぜひともお願いします！

「いえ、シャリアーゼは至って健康でございます。きっと、皇太子殿下との婚約ということで緊張していたのでしょう」

ち、違うわ！　お父様！　そうじゃないの！

「そんなに俺と婚約できたことが嬉しいのか？　そりゃそうか。王妃になれるんだもんな」

王妃になりたいなんて一度も思ったことがない……それよりも……。

死にたくなぁぁぁい！

1章　苺事件

「お父様、やはり私に王妃など無理ですわ！　婚約を解消してくださいまし！　今ならまだ婚約発表もしておりませんし、そこまで大事にはなりませんでしょ？」

意識を取り戻してすぐに、お父様の執務室へと足を運んだ。

「シャリアーゼは優秀だ。王妃教育も難なくこなすだろう。心配しなくても大丈夫」

お父様は私を安心させようと、笑顔で抱きしめてくれた。

……いや、そういうことじゃなくて。

「ち、違うんです、殿下と私、合わないと思うんです。だから、婚約は無理です！」

寿命が見えることは言えない。亡くなったお母様との約束だ。

人は死を恐れる。

人の死を予言するかのような行いは、悪魔だとか死神（しにがみ）だとか言われて苦労するだろうと。

触れている相手と自分の余命が私に見えて、寿命が分かることはお父様も知らない。

「なるほど。シャリアーゼは殿下が好みじゃないということだな。……うむ……」

お父様がちょっと考える顔になった。よし、もう一押しだ。

「どうしてか、その、殿下の近くに行くとぞわぞわとしてしまって……」

お父様が私の顔を見た。

「生理的に受け付けない……というやつか？」

こくこくと慌てて頷く。そうそう、そういうことにしよう。

「それで、あの、我慢していたのですが、倒れてしまって……」

本当は、寿命が減ったのが見えて、ショックで気絶したんですけどね。

「なっ、なんということだ。シャリアーゼ……そこまで我慢させてしまったなんて……。分かった、殿下との婚約は解消するよう陛下にお願いしよう。何、病弱を理由にすれば問題にならないだろう。目の前で倒れたのだからな」

やった！　これで、寿命が延びる！　いや、元に戻るだけだけど！

残り10年に減ってしまったものが、残り70年に戻る！　ふふふーん！

浮かれて自分の手を見ると、余命が表示された。

3。

「ひえぇっ！」

さ、さ、さ、3ですとぉ！

どういうこと？　10年だった余命が、さらに縮んで3年になっちゃったわ！

お父様が突然叫び声を上げた私の頭を撫でる。

「大丈夫かい？」

触れた相手の寿命も見えるので、お父様の余命が目に飛び込んできた。

ひえぇ！　お父様の残りの寿命も、40年あったはずなのに3年になってしまっている。

「ま、ま、待ってください、あの、お父様……婚約解消は……その、もしかしたら……」

どうしよう。

歯がガチガチと鳴って噛み合わず、うまくしゃべれない。

「待つ？　いや、これ以上シャリアーゼが辛い思いをすることはないんだよ？」

「いえ、もしかしたら、緊張してぞわぞわしてしまった……だけかもしれないので、しばらく様子を……その、陛下にはお試し期間ということで、えっと、発表やらを待っていただいて……あの……。会ううちにぞわぞわもなくなるかもしれませんし……」

お父様が首を傾げる。

「本当に、それでいいのかい？　無理をすることはないんだよ？」

「大丈夫ですわ」

強張る顔で必死に笑顔を作る。

「分かった。シャリアーゼがそう言うのであれば、陛下に婚約のお試し期間を1年設けてもらおう。まぁ、突然倒れてしまって、緊張で倒れるようでは王妃は務まらないだろうと。今後様子を見るのが必要だと言えば分かってもらえるだろうからな」

３の数字が10に戻った。お父様の３の数字も40へと戻る。

「ありがとうございます。お父様」

よかった。

……って。全然よくないわ！

70年の私の余命が、たった10年になっちゃったのよ！

皇太子と婚約したことが理由だってはっきり分かってるから、婚約を解消すれば元に戻るかと思ったら。解消すると余命が３年にさらに縮むってどういうことよ！

ど、う、い、う、ことよっ！　うぐぐぅ。


部屋に戻り、どうしたらいいのか頭をひねる。

「お嬢様、大丈夫でございますか？」

侍女のメイが、部屋に戻ってからずっと難しい顔で考え事をしている私に声をかけてきた。

「ねぇ、メイ」

メイはお母様が一番信頼していた侍女の娘だ。メイのお母さんが亡くなってからは、寿命が見える私の秘密を唯一知っている人物。私の10歳上。

「今日、皇太子殿下と婚約の書類を書いたでしょう？　そのとたん私の寿命の残りが10年に縮んじゃったのよ」

「なっ、なんですって？　お嬢様の寿命があと10年？」

「そう。婚約したのが原因だと思ったから、お父様に婚約はなかったことにしてもらおうと思ったの。でも、婚約を解消すると、お父様も私も寿命があと3年になっちゃうのよ……」

ひっと、小さく息を飲んで、メイが口元を押さえる。

「そんな……あと3年だなんて……」

今にも泣きそうなメイを慰める。

「ううん、婚約解消はやめたから、お父様の寿命はあと40年。私は相変わらずあと10年」

ほっと息を吐き出したメイがうんと頷いた。

「それで、考え事をしていたのですね。どうしたら寿命を元に戻せるかと。そうですね……。お嬢様とご主人様の寿命が同じ3年になったということは、同時に亡くなるのでしょうか？」

ん？　同時に？　ああ、その可能性もあるのか。

子煩悩なお父様は、妻に続いて娘の私まで失って、傷心で弱ってあとを追うように亡くなるのかもと思ったんだけど。

「たとえば、馬車で移動中に事故に遭うとか……」

「なんで皇太子との婚約を解消したら、事故であと3年の命になっちゃうのよ……」

そんなの理不尽すぎるわ。

「……ねぇ、3年過ぎて改めて婚約解消するとなったら、どうなるのかしら？」

「そういえばそうですね……。起こるはずだった事故を回避できたあと、どうなるんでしょうね？」

メイが首を傾げた。っていうか、事故決定みたいな言い方をしたね。

……3年過ぎてから婚約を解消してもらう……なんてできるのかな。

様子見は1年ということにしてしまった……。3年に引き延ばしてもらうか？

3年後は、13歳か。殿下は1つ上の14歳。まだまだ新しい婚約者を迎えられる年よね。

まぁ、私はその後の縁談は難しいかもしれないけど……、死ぬよりはマシ！

様子見の1年間に何か変化があるかもしれないし……。

◆◇◆◇◆

と、思っていたこともありました。

原因不明、改善策も見つからないまま、あっという間に1年が経った。

もちろん、手をこまねいてただ時間が過ぎるのを待っていたわけじゃない。

この1年間、いろいろと試したよ。

様子見を3年に引き延ばしてもらおうとしたら、寿命が縮んだ。

様子見を延ばしてもらうのは諦めた。

婚約解消を、こちらからじゃなくて皇太子殿下の方からしてもらおうと、病弱のふりをしたら寿命が縮んだ。

この手も諦めた。

国外に逃亡しようとしたら、寿命が縮んだ。

諦めた。

影武者でも用意しようかと思ったら寿命が縮んだ。

諦めた。

八方ふさがりとはこのこと?

「改めて問う。このまま皇太子の婚約者でいてくれるか?」

1年後の王宮の一室。陛下に尋ねられた。

「別に問題ないだろ、1年間病気もしてねーんだし、王妃教育もちゃんとやれるんだろ?」

皇太子が私を見る。いろいろ問題ありすぎるんだってば！
「まぁ、他の貴族令嬢よりちょっとは見た目もいいし、婚約者はこいつでいいよ」
いや、私が問われているというのに、なぜ殿下が陛下に答えているのか。
こいつでいいって、お前のこいつでいい程度の理由でなんで私がこんな目に！
断ろうと思って手を見ると、寿命が2に変化する。
このまま婚約者でいようと、気持ちを切り替えれば余命は9に変わる。
2か9か……。そんなの9だよ。でも、20歳で死ぬなんて嫌だよ……。
この1年いろいろ試したけれど、さらに寿命が縮むということしか起こらなかった。
生きている間……残りの9年の間に、元の寿命に戻る方法は見つかるのかな？
それを信じるしかない。私は生きることを諦めないよ。
とりあえず、あと2年よりも9年。
とても笑える気分じゃないけれど、顔に作り笑顔を浮かべる。
「はい、私でよろしければ、精一杯務めさせていただきます」
美しい所作で片足を後ろに引き膝を曲げ、スカートの裾をつまんで頭を下げる。
「そうかそうか。よかったな、アーノルド」
陛下が満足げに殿下に声をかける。

よかった？　アーノルド殿下は誰でもよかったんでしょ？　ああ、よかったって、誰でもよかったのでよかったかな？

「ほら、そうと決まれば2人でお茶でもしてくるがいい。薔薇園に準備させてある」

陛下の言葉に、アーノルド殿下が手を差し出した。エスコートしてくれるんだ。

王妃になれるんだから嬉しいだろうだの、婚約者はこいつでいいだの、随分雑な言われ方をしていたので、まさかエスコートしてくれるとは思っていなかった。

驚いて殿下の手をしばし見つめる。

「なんだよ、俺と正式に婚約したってのに、不満があるのか？　失礼だ！　婚約破棄するぞ」

殿下の言葉に、私の手に浮かんだ数字が69となった。お、おおお！

思わず嬉しくて顔を上げる。

戻った。失われた60年の寿命が！

「なんだ、ちゃんと嬉しいって顔してるじゃん。そうだろ、俺と婚約できて嬉しいんだろ」

アーノルド殿下は満足げに笑うと、私の手を取った。

あああ！　また9だよ。やっぱり9年になっちゃった。

一方、アーノルド殿下の寿命は83年。くうっ、自分だけぴんぴん長生きとか！

今12歳で残り83年って、95歳まで生きるのか！　超長生きじゃないかっ！

11歳の私は残り9年で、20歳までしか生きられないというのにっ！　のにっ！

呪ってやる。禿げろ、禿げろ、禿げろっ！


薔薇園にあるガゼボで、お茶を飲む。

アーノルド殿下は薔薇なんて全く見ずに、私の顔をやたらと見てきた。

「おい、今なんかちょっと迷惑そうな顔しなかったか？」

迷惑だよ。ずっと見られていたら食べにくいし。ってか、なんでそんなに見るの？

「いえ、そんなことは……」

だけど、迷惑なんてはっきり言えるわけないよ！

皇太子殿下に、言いたいことを自由に言える人間なんて陛下と王妃くらいじゃない？

婚約者としてもう少し親しくなれば言えるようになるんだろうか？　言えるなら、言いたい。

超迷惑だっつーの！　私の寿命はあんたのせいでめちゃくちゃ短くなったんだから！

そんな気持ちを隠して無理に微笑む。心の中では禿げろと連呼中。

「だよな、俺とお茶して迷惑なわけないよなぁ。ほら食べろよ。お前苺が好きなんだろ？」

確かに苺は大好きですけど。

テーブルをよく見ると、苺を使ったお菓子のフルコースが載っている。

殿下も苺が好きなのかしら？　と、首を傾げる。

「ち、ちげーし。俺は、苺なんて女が食べるようなもん食いたくねぇし！」

殿下がプイっと横を向いてしまった。

苺は女が食べるようなもん？　いや、お父様も苺は大好きですけどね？

テーブル中央に置かれた5段のケーキスタンドの、一番下の段には苺。

2段目には苺のタルト。

3段目には生クリームたっぷりの苺のケーキ。

4段目には苺ソースのかかったクッキー。

5段目には苺のムースが載せられている。

カラフルでかわいらしいお菓子の数々に、見ただけで心が弾む。

そうよね。寿命のことばかり考えて落ち込んでいたら損だもの。

王宮のパティシエが作ったお菓子たちがまずいわけない。気持ちを切り替える。

たった9年ではなくて、まだ9年あるんだから。

何を食べようかなぁ。苺は、最後に口の中をスッキリさせるために食べたい。

ケーキを食べてお腹がいっぱいになっちゃうと、他のが食べられなくなるからあとにしよう。

そうだ、まずは、ムース。苺のムースにしよう。

ケーキスタンドの一番上に載っている、ムースの入った器に手を伸ばす。

普段であれば侍女や侍従といった者が望みのものを皿に取り分けてくれるけれど、2人きりにされているため自分で取る必要がある。

5段もあると座ったままでは手が届かず、腰を浮かせて手を伸ばす。

つんっと、指先が殿下の手に触れた。

「え？」

驚きに目を見開く。

「こ、これは、俺が先に取ったんだっ！」

私が取ろうとしたカップに、殿下も同時に手を伸ばしたようだ。

殿下が掴もうとしたカップを両手で掴む。

「なんだよ、俺が先だって言ってるじゃないかっ！　だ、だが、そこまでして欲しいのならお前に譲ってやるよっ！」

ほっとして、カップを自分の皿に置く。

殿下がもう1つの苺ムースに手を伸ばした。慌てて私も手を伸ばすと、殿下がカップを掴んだ手に触れる。

「ああ？　ムースがそんなに好きなのか？　だけど、全部独り占めはないだろうっ！」

やっぱり、やっぱりだ。見間違いじゃない。

83年もあったはずの殿下の余命が0年。

0年ってことは1年も生きられないってことだ……。すぐ死ぬ……？

ムースを手にしたとたんに余命が0年に……。

試しにスプーンを手に取り、殿下が掴んでいるカップからムースを一すくい取って口に運んでみる。口に入れる寸前、私の手に見える数字の9も0になった。

「いくら正式な婚約者になったからって、不敬だぞっ！　いつだって婚約破棄してやれるんだからなっ」

スプーンを投げ捨て、殿下が自分の皿にカップを置こうとするのを奪うふりをして、テーブルの上に身を乗り出す。そして、ケーキスタンドをわざとひっくり返す。

ガシャーンと耳障りな大きな音を立ててスタンドが倒れ、テーブルの上にお菓子が散らばる。

あたりに甘い苺の香りが広がった。

「なっ、何してっ」

殿下が驚いて目を見開いている。

「も、申し訳ございませんっ」

慌てて殿下の元へと、テーブルを回って近づく。

そして、周りの者には聞こえない声で、謝罪するふりをしてつぶやいた。

「殿下、騒がないでくださいまし。毒が仕込まれています」

「はぁ？」

「このまま片付けられてしまえば、証拠を隠滅されるかもしれません。信用できる者を呼んでください」

「ど……毒……？」

少し離れて控えていた侍女たちや護衛たちが、ガゼボに駆け寄ってきた。

「まぁ、大変ですわ。すぐに新しいものを用意いたします」

「場所を替えましょうか」

「お怪我はございませんか？　お召しものは大丈夫でしょうか」

何人もの使用人たちが入れ代わり立ち代わり声をかけてくる。

全部で10人近くいる。

「問題ない、お前たちは立ち去れ！」

殿下が声を張り上げた。

「で、ですが……」

「シャリアーゼは、俺と一緒だと緊張してしまうからな。どうやら今回もそれらしい」

1年前の、緊張して意識を失ったという話を殿下は信じているらしい。

そして、それを利用したのだ。頭の回転が速いな。周りの者にも伝わっているのだろう。殿下の言葉に、使用人たちはなるほどと納得した顔をしている。

「俺に慣れてもらわなければ困る。ここはいい、お前たちは控えていろ。ジェフだけ残れ」

殿下が皆を下がらせた。

テーブルの上に散乱したお菓子たちはそのままになって……は、ない。

「殿下、ありません、ムースのカップが……」

小さな声で殿下に伝えると、殿下もテーブルを確認する。

「ちっ、持ち去られたか。だが、やましいことがなければ持ち去る必要もない。何かが仕込まれていたことは確かなようだ」

殿下の側近のジェフが現れる。

私が11歳、殿下は12歳。ジェフは27歳だと聞いている。

側近といえば割と年齢の近い者が務めるイメージだけれど、よほど有能なのかな。

「ジェフ、準備された菓子に毒が入っていた」

ジェフがすぐに言葉を返す。

「毒ですか？　いったいどこにその毒が？」

ん？　ちょっと、おかしな発言？

毒の在処よりも、まずは殿下の身を案じるものではない？　ぴんぴんしてるから平気だと思ってる？　それとも殿下のことが嫌い？

うーん、怪しい。もしかして、犯人の仲間？

「なんだよ、嘘じゃねぇって。だいたい言い出したのは俺じゃねぇし」

「本当なんですね？　苺が食べたくないから毒だって言っているわけじゃないんですね？」

え？　まさか……殿下、嫌いな食べ物が出てきたら毒が入ってるとか言って残したことが？

それでジェフはそんな態度を……。

っていうか、苺が嫌い？　苺が大好きだから用意された苺尽くしじゃないの？

「シャリアーゼ様、毒……とは？　お体に問題はございませんか？」

ジェフが慌てて私に礼をとった。

「え、ええ。ムースの香りがおかしかったんですわ。苺のムースにしてはあり得ない香り……毒物の勉強をした時に嗅いだような臭いがしたため、もしかしたら毒が混入されているのではと……。騒ぎ立てて申し訳ありません」

ジェフが息を吐き出した。

「そうでしたか。ご無事で何よりでした。ですが、毒見はさせておりますし……香りは勘違いではございませんか？　念のためお菓子とお茶を調べさせましょう」

ジェフの言葉に素直に頷く。そして、ジェフと殿下の視線がそれた瞬間に、床に落ちたスプーンと、スプーンからこぼれ落ちたムースをハンカチにくるんでスカートの中に隠した。

犯人はムースのカップを持ち去っているが、スプーンですくった分までは持ち去ることができなかったようだ。

これを、あとで調べてもらおう。……うちの、公爵家の方で。

ジェフは気のせいじゃないかと言っていたけれど、私が毒だと思ったのは、本当は臭いが理由じゃない。寿命が見えたからだ。

私の寿命も、苺ムースを食べようとしたら0になったし。間違いないと思う。

私の寿命といえば……、あの騒動ですっかり忘れていたけれど、今日は一瞬寿命が69に戻るタイミングがあった。

あっという間に元に戻ったけれど、なんで？　その前後に何があったっけ？

ダメだ、思い出せない。毒のことが衝撃的すぎて何があったっけ？

殿下にエスコートされての移動中……の？　いや、手を取られる前？

ガゼボに着く前だったよね？　えーっと……。ああ、もう！　分からない！

でも、殿下といて何かをしていると、寿命が戻ることがあるなら、その状態をキープできればいいわけだ。

うん、希望が見えてきた！


ガゼボの騒動から3日。

「お父様、結果が出たそうですね」

「ああ、やはりムースに毒が入っていたよ。それも、一口で死に至るような強い毒だ」

お父様が私を抱きしめる。お父様はかすかに震えている。

「シャリアーゼが狙われたのだろう」

そうだろうか。

「殿下はあまり苺が好きではないと聞いている。一口も食べなかった可能性もある。そんなものに毒は入れないだろう」

お父様の主張はもっともだ。確かに嫌いだと分かっている食べ物に、毒を混入したところで無駄だよね。ジェフも殿下は苺が好きじゃないと言っていた。

逆に私は苺が好物だ。どれも一口ずつは食べると思ったのだろう。

……いったい、誰が毒を？　そして、なぜ私を殺そうと？

「シャリアーゼが皇太子妃になることが気に入らない勢力の仕業だろうな……」

だったら、毒殺なんて手段はやめて、正攻法で来ればいいのに！　寿命が戻るなら、いくらでも殿下との婚約を解消でも破棄でもするよ。

　でも、本当に私が邪魔な人間の犯行だろうか。

「今回は殿下が口に入れるのを防ぐことができましたけれど、いくら苺が嫌いだからといっても口にする可能性はゼロではありませんし……下手をしたら皇太子殿下まで亡くなっていたかもしれないのですよ？」

　私が皇太子妃になるのが気に入らないという動機だったとしても、私を排除しようとして皇太子を排除しちゃったら本末転倒じゃない？　私が１人の時に狙った方がいいわよね？

「……確かに、シャリアーゼの言う通りだな……。どちらが死んでも得する人間の犯行ということか……？」

　そんな人いる？　快楽殺人犯？

「それとも、もし２人とも食べたとしても殿下は生き残ると思っていた？殿下であれば小さなころから毒に慣らされているはずだし、解毒薬も準備されているだろうから」

「でも、お父様、ムースを食べようとした殿下の……」

　慌てて口をふさぐ。ダメだ。お父様も寿命が見えることは知らないんだ。

　ムースを食べようとした殿下の寿命が確かに０年になったのを見たなんて言えない。

うーん。頭を抱えた私を慰めるように、お父様が口を開く。

「……今回の騒動後、王宮で不審な死を遂げた使用人が何人かいる。背後に誰かいるのは間違いない。もしかしたら、また別の方法で狙われるかもしれないからね、しばらくは慎重に行動した方がいいだろう」

お父様の中では私が命を狙われているというのはほぼ確定なのかな？


王宮で再び殿下との顔合わせ……お茶会があって呼ばれた。

婚約したら月に1回は親睦を深めるために会うことになっていたが、毒事件もあり、3カ月後となった。

「殿下、すでに聞いていらっしゃいますか？」

今回は、お茶会と言いつつお茶もお菓子も出ていない。

そして、護衛しやすいという理由から、王宮の一室だ。ドアの前や窓の外に、騎士がずらりと並んで物々しい。部屋の中にも侍女や騎士が通常より多く壁際に並んでいる。

「何をだ？」

ポケットの中からハンカチを取り出して、開いて見せる。

スプーンと、すでにカラカラになって小さく縮んだ、苺のムースだったものが姿を現す。

「なんだ、これ」

声を潜めて殿下に話しかける。

私と殿下は1つのソファに隣り合って腰かけていた。他の人に会話を聞かれないよう心持ち体を殿下に寄せる。幸い部屋は広く、壁際に並んだ者たちと距離は取れている。

「この間の、苺のムースです。器はいつの間にか誰かに持ち去られてしまいましたが、私がすくって放り出したものはそのままでしたので、拾って鑑定させました」

私が毒の名前を口にすると、殿下は驚きで立ち上がる。

「まじかっ、そんなの食べたら死ぬじゃねーか！」

ちょっ、せっかく声を潜めてるのにぃ。空気読め！

っていうか、お父様が陛下に報告してると思うけれど、殿下は知らなかったんだ。

「……えーっと、殿下は毒に慣らされて多少は耐性があるのでは？」

と、声を潜めて聞く。

「いや、耐性があるものもあるけど、ないのもある」

「……それは、どうしてですか？」

殿下は私が声を潜めていることに気が付いたのか、同じように声を潜めた。

「そりゃ、毒なんて何十種類もあるんだから、少しずつ摂取して耐性をつけるつっても、限界があるだろ。その毒は耐性のないやつだ」

殿下が食べるかもしれないお菓子に毒を入れたのは、私を殺害するためで、殿下が口にしたとしても耐性があるから問題ない説……が、消えた？　狙われたのは私と殿下の両方？

いや、耐性があると思っていたのに、耐性のない毒をうっかり使ってしまった可能性も？

「殿下、ムースに毒を入れた目的はなんだったと思いますか？」

「そんなの、暗殺だろ、この俺を殺そうとしたんだ。間違いないさ」

殿下が自信満々に答えた。

「いえ、でも……私が先に食べていれば、私が死んで殿下は無事だったんじゃないですか？　そんな運任せな計画を立てるでしょうか？」

殿下が首を傾げた。

「運任せじゃないだろ？　俺に耐性のない毒を使って、俺が苺関係で唯一嫌がらずに食べるムースに仕込んであったんだ」

殿下の言葉に今度は私が首を傾げた。

「殿下、耐性のある毒とない毒がある話は、みんな知ってるのですか？」

「馬鹿(ばか)だな、どの毒が効いて、どの毒が効かないなんて知られたら、耐性をつけても意味ないだろう。効く毒を選んで使うに決まってるじゃねーか。ちょっと、考えろよ」

耐性があるかないかが秘匿された情報なら、やっぱり殿下に効くかどうか分からない毒を選んだのは運任せってことになるよ？　言ってることに矛盾があるよ、殿下……。

「えーと、苺のムースなら食べるというのは有名な話ですか？」

「いや。この前のお茶会の前に、俺でも食べられる苺のお菓子を料理長に考えてもらった」

「なるほど」

……と、いうことは、苺のお菓子が並べられている時に、殿下がムースに手を伸ばすということは、ほぼ知られてなかったと思っていいってこと……かな？

殿下がどの毒に耐性があるのかは知られていない。

殿下が苺のムースに手を伸ばすだろうことも知られていない。

……と、すると……。苺のムースに毒を仕込んだ狙いは……。

「やっぱり私が狙い……」

ぼそりとつぶやく。

「ちっ、違うからな！　べ、別にシャリアーゼに好かれたいからと狙ったわけではっ」

私のつぶやきに、殿下が顔を真っ赤にして慌てて否定の言葉を口にした。

ん？　好かれたいと狙った？

毒を入れられたわ、殿下好き！　とはならないと思うんだけど？

まぁいいや。とにかく話の腰を折られてしまったけれど……。

「殿下、私の命を狙った可能性もありますが……」

「あ、命？　え？　ああ、そっち、そっちの話か」

そっちの話って、ずっと毒の話しかしてないですよね？　どっちの話が他にあると……？

「私が狙いであれば、婚約者が私になったことを不満に思う勢力の仕業だと思うんです」

殿下がはぁと口を開く。

「シャリアーゼに不満？　何が不満だ。賢いし綺麗じゃんっ」

はい？　なんか唐突に褒められて、びっくりして顔が赤くなる。それを見て、殿下が慌てた。

「って、周りの奴が言ってただけだからなっ、シャリアーゼは賢いって。き、綺麗なのは、まぁ……み、認めるけど」

綺麗なのかな？　そう言われることは多いけれど、他の子たちも綺麗だしかわいいよね。

「銀色のサラサラな髪が光を反射してキラキラしてるのは天使みたいだ……」

「て、天使？」

なんかめちゃめちゃ褒められてる。殿下は私を天使みたいだって思ってるの？　さらに顔がほてる。いやいや、いやいや、いやいや。ほ、褒めたって、何も出ませんよ？

あ、いや、でも、禿げる呪いは撤回するわ。

「って、ほ、他の奴らが言ってたんだっ」

うぐっ。そうですか。ええ、そうですね。そうだよねぇ。

「殿下の方が、美しいです」

日に透けてキラキラ光る細くてサラサラの金色の髪。やっぱり金の方が天使っぽいですよね。エメラルドよりも輝く翠の瞳。髪よりも少し濃い色のまつげは長く、瞬きするたびに光を反射しているようだ。そばかす1つない肌。数え上げたらきりがない。

「うっ、美しいとか言うなっ！」

あれ？　褒めたのに、怒られた。

「どうして、ですか？」

「お、女みたいだって、叔父上が……王子というよりは姫だなって」

確かに女の子みたいだけど、それって、まだ12歳なんだから男の子が男の子らしく成長するのって、これからじゃないのかな？

叔父上ということは王弟コンラート様のことだよね。確か、今年27だったはず。

子供に向かって、姫とか、からかうにしてもひどいな。それとも本当にかわいすぎてうっかり出た言葉かな？

「殿下のお父様である陛下のことも美しいと私は言いますよ？　美しいと思いませんか？」

殿下はお母様ではなくお父様似だ。

殿下が成長して大人になったら、きっとあんな感じと思わせる容姿。姫には見えないちゃんと男の人だ。そして、男だけど美しいという単語が似合う。

「ち、父上が美しい？」

殿下がちょっと考えている。

「確かに。そうか。美しいとは男にも使う褒め言葉なのか！」

納得したようだ。

「そうです。別に女みたいという意味じゃないですよ？」

殿下がニコニコ顔になった。

「そうか、そうだったのか。父上と同じように俺は美しいって言われているだけか。お前は俺を褒めてくれたんだな。シャリアーゼは、俺を……美しいと褒めているんだ」

自分で俺は美しいとか言い続けられるのも、なんだかちょっとばかり残念な感じなので、話題を変えることにする。

「話を戻しますね、殿下。私の命が狙われた可能性もありますが、もし殿下の命を狙ったのだとすると……」

殿下が表情を引き締めた。

「……俺に効く毒の種類や、俺がムースなら食べるということを知っていたってことか……」

こくんと頷く。

「事情に詳しい内部の人間の犯行か、内部の人間に協力者がいるか……ってことだな？」

もう一度頷いて見せる。もしそうだとすると大変な話だ。

だって……周りを固める信用できる人間に、裏切り者がいるということになる。

王宮内の、いつでも命を狙えるところに殺人者がいるなんて……。

「その可能性もなくはないと思います……。ただ、殿下が狙われたのか、私を狙って偶然毒の種類やムースを選んだだけという可能性もまだ捨てきれません」

もしくは、そう思わせて混乱させようとしたか。

殿下が苦々しい顔をした。

「俺のせいで、シャリアーゼが狙われるのか……。俺と、婚約破棄したいか？」

殿下が尋ねてきた。婚約破棄をする？　私から？　婚約解消ではなくて？

まぁ、命の危険があるので、怖いから辞めたいというのは正当な理由になるだろう。

婚約破棄すると……。私の余命は……69年……。あ、戻る。

やった！　これはぜひとも婚約破棄の方向で。と喜んだのも一瞬。

目に飛び込んできたのは殿下の寿命。殿下の余命が1年になった。

え？　私から婚約破棄すると、殿下の余命は1年になるの？

どうして？　私が寿命を見ることで事前に危険を回避することができなくなるから？

「こ、婚約破棄は……」

したい。

だって、早死にしたくない。

でも、でも……。だからって、殿下が死ねばいいなんて思わない。

ぐっと奥歯を噛みしめる。

「殿下……私からは婚約破棄も婚約解消もいたしません……」

私の余命が10年になった。ん？　9でなく、10？

「本当か？」

殿下が不安そうな顔をする。

「え、ええ」

寿命が11年になる。

「お、俺と婚約するのは……仕方なくじゃないのか？」

仕方なくです。初めは寿命が3年に縮むよりはマシだと思って、仕方なくです。

そして、今は殿下の余命が1年になってしまうのを防ぐために仕方なくです。

思わず目が泳ぐ。

「……やっぱり義務だからか」

殿下がしょぼくれたとたんに寿命が9年に戻った。うひゃー。何が正解なの？

「殿下！　これだけは信用してください！」

とにかく、殿下といると寿命が延びたり縮んだりすることは確かだ。

だったら、20歳で死んでしまうまでに、寿命を戻す方法を見つけるためには殿下と積極的に関わった方がいいんだろう。

「私は、自分の命が尽きようとも、殿下のお命を守ります」

殿下がびっくりした顔をしている。

そりゃそうだろう。騎士でもないのに何を言ってるんだと。

でも、確かに私は、私から婚約破棄をする選択を放棄した。残り余命……寿命が見えるから分かることなんだけど……。人の命を犠牲にして自分だけが生きていくなんてできない。

それはたとえ殿下でなくとも、だ。

殿下が私のせいで早死にするくらいなら、殿下を恨みながら死んだ方がマシだ。

3カ月後。婚約破棄をしないと宣言してから、殿下の寿命は残り83年のまま。私は9年からなぜか微増して11年になっていた。……微増、微妙だ。

一月(ひとつき)に一度のお茶会。今日も王宮の一室。お茶会と言いつつお茶もお菓子も何もない。

「殿下」

ソファに隣同士で殿下と座っている。

殿下の寿命を確認しようと手を伸ばすと、殿下が私の手を避けるように引っ込めた。

寿命を確認しつつ会話したいんだけど……。

さすがに引っ込めた手に、再び手を伸ばすのは怪しいかと思って、腰を持ち上げて座る位置を変え殿下に近づく。

「えーっと、ああ、そうだ。庭には出られないけれど、バルコニーには出られるんだ」

殿下が不自然に、突然立ち上がりソファから距離を取った。あれ？　避けられてる？

ちょ、それは困る！　触れないと寿命が見えない。

なんで避けられちゃうわけ？　ぬぅー。……そうだ！

ソファから立ち上がるふりをして、そのまま床に手をつく。

「ああっ！」

スカートの裾を踏んづけて転んだふりをした。

「だ、大丈夫かシャリアーゼ！」

慌てて殿下が戻ってきて、私に手を差し出す。

うん、うん。やっぱりね。殿下は婚約者なんて誰でもいいと、私に対して冷たい言葉を口にするけれど、決して冷たい人ではない。

婚約したからには、ちゃんとエスコートをしてくれたり、私の命が狙われているかもと言ったら、危険から遠ざけようと婚約解消を提案してくれたりもした。

だから、こうして倒れれば、手を差し伸べてくれると思った。

作戦がうまくいき、思わずニヨニヨしちゃう顔を引き締め、膝をついたことを恥ずかしがっているような表情を作って、殿下の顔を見上げる。

にこりと笑って、殿下の手を取ろうと手を伸ばしたところ。

「シャリアーゼを助けてやってくれ」

殿下がすっと手を引っ込めて、壁際に控えていた王宮侍女に声をかけた。

な、なんで？

「だ、大丈夫ですわ、殿下……」

演技だもの。侍女の手など借りなくても立ち上がれる。立ち上がって、殿下の顔を見る。

気のせいなんかじゃない。私は、殿下に距離を置かれている。突然どうして？

まさか、触れると寿命が見えるということがバレた？

サーっと青ざめ、背中に冷たい汗をかく。

お母様に言われた。あと何年で死ぬ、あと何年しか生きられないなど、人は知らない方がいいのだと。人は死を恐れる。だから、死が見えるシャリアーゼは人から避けられるだろうと。死神だと噂されてしまうようになるかもしれないと。

だから、お父様すら知らない。

……そう、私の秘密を知っているのはメイだけなのに。メイが誰かに言うわけないし。

「だ、大丈夫なわけないじゃないか。やっぱり叔父上の言っていたことは本当だったんだな」

叔父上って、王弟殿下？　なぜ、王弟殿下が私の秘密を……？

「シャリアーゼとあまり親しくするなと……」

へ？

「俺のことを苦手だけど無理に平気なふりをしているだけだと。無理をさせるなと……。初めて会った時のように突然意識を失うようなことがなくても、お前を好きになったわけじゃないんだから、いい気になって近づきすぎるなって……」

そうでした。初日、寿命が短くなったことにショックを受けてぶっ倒れたんです。

その理由をアーノルド殿下と会って緊張したからって言ったやつだ。

いやいや、なんてこと言ってくれるの、王弟殿下！

私がまた倒れたりしないかと身を案じての言葉だとは分かるけれど……。言い方！

そういえば殿下は前も、王弟殿下の「姫」という言葉に傷ついていたことがあるけど、王弟って言葉選びが下手くそなタイプ？

「殿下は、いい気になって近づいたりはしませんでしょう？」

殿下がびくりと肩を震わせる。

「い、いい気になったかなっていないかといえば……き、嫌われてないと思ったらそりゃ……」

ああ、私と一緒だ。エスコートされた時に、嫌われてはいないんだなとちょっとほっとしたもの。

「政略結婚なのですから……嫌われていなければ十分だと私は思っておりますわ……。私のこと、殿下はお嫌いでしょうか？　嫌われていなければいいのですが……」

「お、俺は、お前のこと嫌ったりしてないからなっ！」

殿下がきっぱりと口にした。

「では、バルコニーへ、エスコートしていただけますか？」

手を差し出すと、殿下が私の手を見下ろした。

殿下が不安そうな顔をして、私の目を見る。

「本当に……その、無理をしていたりしないのか？　家に戻ってから寝込んだり……お、俺と会ったあと体調を崩すとか……」

すごく心配されてる。

「会うたびに気分が悪くなる相手と……自分ならもう会いたくないと思うと、叔父上に言われ……確かに、その……」

いやいや、だからさ。殿下と私の婚約は、政略結婚なんだから。王室の一員としては嘘でもうまくいくように助言してくださいよ。

緊張をほぐすために楽隊を呼んで音楽を聴いたらどうだとか、よい香りのする花で部屋を埋め尽くしたらどうだとか、なんかあるよね。他にアドバイス。

あれ？　待ってよ。もしかして、王弟殿下は、毒苺ムース事件のことを知らされてない？

あれも、表向きは私が殿下の前で飲食するのに、粗相をしたらどうしようと緊張したあまりに倒れてしまったことになっているはずだ。

王宮で毒物の混入など外聞が悪いため、知っている者は制限されている。

だけど王弟殿下も王族だし、さすがに知らされてるよね？

王弟殿下はすべてを知っていて、私が巻き込まれないようにと、遠回しに殿下に距離を置くように伝えようとしているとか？　私のために？

いや、違うんだよ。王弟殿下……何もしないと私の寿命はあと11年。殿下と関わることで増えたり減ったりするから、関わらないでいると早死にしちゃうんだってば。殿下に距離を置かれたら、困るのは私！　私なのよ！

殿下の寿命をチェックして守るために婚約破棄を諦めたんだから、殿下に避けられたら私の覚悟が無駄になっちゃうんだってば！

もうっ！　小さな親切大きなお世話なのよ！　王弟殿下ぁぁぁ！

いつまで経ってもエスコートの手を出さない殿下の腕に手を回した。

「平気ですわ。いつまでも緊張しているようでは、乗馬もできませんでしょ？」

殿下が急に腕を取った私に、驚いた表情を見せる。

「乗馬？」

私の顔を見た殿下に笑ってみせる。

「ええ。初めて乗馬を練習する時に、大きな馬を目の前にして緊張しませんでしたか？」

殿下がその時のことを思い出したのか、小さく頷く。

「ああ、確かに、初めて馬に触る時も、またがる時も、緊張の連続だった」

「今も、まだ馬にまたがる時に緊張なさいますか？」

殿下が今度は首を横に振る。

「いや。緊張が馬に伝わると言われ、まずはブラッシングするように指導された。触れ合ううちに、次第に緊張しなくなるだろうからと」

そうか。私の場合は馬は賢いから好きでいてあげれば、馬にもそれが伝わって助けてくれるよって言われたなぁ。

貴族令嬢で乗馬を嗜む人はさほど多くないいんだけれどね。いざという時に馬に乗って逃げることができるようにと、私は乗馬を嗜んでいる。

そういえば、殿下と婚約したらすぐに始まると思っていた王妃教育なんだけど、公爵家で学んだことと重なる部分がかなりあるようだ。新しく増える教育内容は国の機密に関わってくることや、王妃から次代の王妃へ直接伝える特別なことなどで、婚姻の1年ほど前から行うそうだ。

ってことはよ？　私が殿下と婚約解消したとしても、新しく迎える婚約者の王妃教育は最短1年で終わるわけよね。

だったら、殿下がたとえば25歳で新しく婚約者を迎えても、殿下が26か27になるころには結婚できるってことよね。

別に遅くないよねぇ。だって王弟殿下はまだ婚約者もいらっしゃらないんですよね。

ってことはよ？　私の今の寿命は残り11年。22歳で死ぬ。この運命から逃れたあとに婚約解消したとしても、アーノルド殿下の人生を壊すようなことはない。

まぁ、私は完全に行き遅れになるから、新しい殿下の婚約者……のちの王妃付きの教育係や助言役などの仕事をするのもいいかもしれない。そうすれば殿下の寿命チェックも続けられるだろうし。

あ、でも新しい婚約者に不審な目で見られるかな？

殿下にべたべたしたりしたら。べたべたするつもりはないけど……どうやって理由をつけて触れたらいいんだろう？

「シャリアーゼ、シャリアーゼ」

「え？　どうかなさいましたか、殿下？」

「いや、本当に大丈夫なのか？　名前を呼んでもすぐに反応が返ってこなかったが」

しまった。考え事していて気が付かなかった。また緊張していると思われているかな。

逃げられる前に寿命をチェック。よし、今日も殿下は長生きさんと出ている。

「ああ、申し訳ありません殿下。私が乗馬を始めたころのことを思い出していました。初めて私を乗せてくれた馬は、ベテランの牝馬（めすうま）。バーバラという名前でしたわ」

過去形で話したことで、殿下はすべてを察したのだろう。

「そうか。……辛いことを思い出させてしまったか」

「いいえ、1年前にバーバラは死んでしまいましたが、素敵な思い出をたくさん残してくれました」

寿命は見えていた。そう、動物の寿命も見えるのだ。見えていた通りに、老衰で死んでいった。

悲しかったけれど、でも。寿命だったのだ。十分長く生きて死んでいった。いっぱい撫でて、お話しして、最後まで思い出をたくさん作ることができた。できることは全部した。

突然の事故だったわけではない。防ごうと思えば防げたというわけでもない。

バーバラも……病気で亡くなったお母様も。

「最後の最後まで、後悔のないように一緒にいることができたので、私は……満足して……」

あれ？　おかしいな。

「そうか。後悔のないように見送れたのはよかったな。だけど……満足していても悲しくないわけじゃないだろう」

殿下が胸元からハンカチを取り出して私の目に当てた。

「ありがとうございます殿下」

殿下からハンカチを受け取り、目元をぬぐう。深く息を吸い、そしてゆっくりと吐き出す。

気持ちを切り替えて、涙が止まるまでゆっくりした呼吸を続ける。

どうにもならない理由で亡くなっても、仕方がないと思っても、それでも悲しいのだ。

もし、あと何十年も生きられるはずだったのに、突然運命が変わって亡くなってしまったら。

それが回避できたかもしれない出来事だったら……。

きっと、もっと悲しくて、辛い。

「殿下は……長生きしてくださいね」

私の言葉に、殿下がハッと息を飲んだ。

「当たり前だ。俺が死んでお前が悲しむなら、俺は死なない。絶対お前より長生きしてやるから、安心しろ」

殿下が私の頭を撫でようと手を伸ばして止めた。撫でてくれてもいいんですよ？

「いつも部屋の中にこもりっきりでは退屈だろう」

殿下が私を連れてバルコニーへと向かう。

侍女が到着のタイミングに合わせて窓を開いた。

ふわりと、外の風が中に入ってくる。

「なんていい香り」

めまいがしそうなくらい濃厚な素晴らしい香りに包まれる。

「素晴らしい香りだろう。金木犀(きんもくせい)の香りだよ。あのオレンジ色の小さな花をつけている木だ」

バルコニーから数メートル離れた場所に、オレンジ色の粉雪（こなゆき）をまぶしたような木が数本立っていた。周りの木に比べて随分と小さい。

これから大きくなるのか、それとも小さい種類の木なのか。

「金木犀……本で読んだことがありますわ。東の国に生えているという……。こんなに素晴らしい香りがするんでしたのね……」

さわさわと風が吹くたびに、金木犀の濃厚な匂（にお）いが体を包む。

「毎年、ここで一緒に楽しもうシャリアーゼ。死ぬまで一緒に」

ぶわっと強い風が吹き、金木犀の香りとともに、小さなオレンジ色の花が舞い込んできた。

髪の毛を押さえ顔にかかるのを防ぐ。

「ごめんなさい、殿下。なんとおっしゃいましたか？　聞き取れませんでした」

殿下が真っ赤な顔をして、私を見た。

「な、なんでもない……。ほ、ほら座ろう」

バルコニーにいつの間にかソファが運び出されていた。

有能な使用人たちだ。護衛や侍女たちもバルコニーの端々（はしばし）に立っている。私と殿下を邪魔しない程度の距離を置いて。

殿下が今度は私にしっかりと手を差し出す。

エスコートするためのものだと分かり、すぐに手を添えた。

殿下がほっとしたように息を吐き出した。

「そうだよな……。初めて馬に触れた時は指先からだった。そして、手の平、両手、……次第に触れる面積が増えていったんだ。いつの間にか抱きしめられるほどになったんだった」

エスコートのために私の指先が殿下の手の平にちょんっと載っている。

「確かに、これは指先が触れている状態かもしれませんわね。馬と同じように慣れていけばいいのかしら？」

と言ったとたんに殿下が慌て出した。

「べ、別にいつかは抱きしめられるようになりたいとか、そういう意味じゃないからなっ！　馬の話をしただけで、馬扱いとかそんなつもりは」

「いえ、あの、そういう意味では。さすがにいくら馬と同じようにといっても、殿下に馬の代わりに四つん這いになってほしいとは思っておりませんわ……」

「え？　俺が、馬？　四つん這いは無理だが、種馬になら……いや、なんでもない、なんでもないからな！」

殿下はぼそぼそと何かをつぶやきながら首をぶんぶんと振り回している。

あら。微増。私、あと12年生きられるようになりましたね。でもまだ短い。

それからバルコニーに運ばれたソファに座り、殿下に身を寄せた。

殿下はびくりとしたものの、先ほどのように逃げ出すことはなかった。

「殿下、どこまでこの間の毒苺ムースの話が知れ渡っているか分かりませんが、大っぴらに話ができないのは確かでしょう。こうして内緒話(ないしょばなし)をするためには近づく必要があります。普段から近い距離で話していれば、内緒話をしても不審に思われないと思うのです」

「確かにそうだが……」

「私の身を案じてくださるのであれば、問題ありません。先ほど申した通り、緊張して倒れるようなことはもうありませんから。気分も悪くなるようなことはありません」

「本当か？」

「ええ。それで、早速ですが、毒苺ムース事件に進展はあったのですか？」

「いや。不審な死を遂げた者が王宮に何人かいたが、彼らと親しくしていた者たちに話を聞いてもさっぱりだ。王宮の外の人間と連絡を取っていた形跡もない」

「その親しくしていた人間がそもそも怪しいということは？」

殿下がうんと頷く。

「それはジェフも言っていた」

ジェフ。殿下には、私にとってのメイのような存在なのだろう。

侍女や護衛とともにバルコニーの隅に立っているジェフを見る。

殿下の側仕え。側近。殿下が国王になった時に国を支える1人になるだろう人物。

「ジェフはもちろん、不審死した人間と交流のあった人たちも徹底的に調べさせたよ。その死に関わっている者はいないかという名目で」

毒事件を伏せて、使用人不審死事件として大々的に捜査はしたわけか。

「怪しい動きをしていた者は見つからなかった」

「そう、もう手詰まりということね……」

黒幕が捕まらないのは厳しい。

だって、内部情報に詳しい者が関わっているのだ。また、いつ狙われるか……。

「尻尾を出すかもしれないと、一通り見張りはつくけどね。望みは薄いだろうとジェフが言っていた。これほど巧妙に口封じのできる人間が、情報を漏らしそうな者を生かしておくわけがないだろうと」

黒幕につながるヒントをこれ以上見つけるのは難しそうだということ……か。

殿下の命……もしくは私の命を狙う人間が、まだどこかにいる。

「お茶はいかがですか。お菓子もありますよ」

「ああ、ジェフ。頼む」

ジェフがにこやかな顔をしてお茶とお菓子を載せたカートを押してきた。側近の仕事ではない。毒を警戒(けいかい)してということだろうが……だったら、今まで通り何も出さなければいいと思うんだけど。

「こちらは、王都で評判のカフェから今朝(けさ)分けていただいた茶葉と、その向かいの菓子屋のクッキーです。私が直接購入して、誰にも触れさせていませんから大丈夫ですよ」

皇太子の側近が自ら買いに行ったというの？　ますます、側近の仕事じゃないけど……。

「もしかして、私のためにわざわざ？　ありがとうございます」

ジェフが薄い茶色の瞳を細めた。

「いえ、私は殿下がシャリアーゼ様にお茶も出せないのは申し訳ないと言っておられましたので、対応したまでです」

殿下のためでしたか。失礼しました。

「殿下、問題ありませんわ。私、お茶やお菓子を楽しみにこちらに来ているわけではありませんもの。ですが、お気遣(きづか)いありがとうございます」

殿下がカーっと顔を真っ赤に染めた。

「べ、別にシャリアーゼのためじゃないし、それにジェフは自分が食べたかっただけだろ？」

ジェフがふっと笑った。

「ええ、半分はそうですね。殿下が口にする食事の毒見として、美味しいものを食べられて得したと思っておりますよ」

そう言って、ジェフはテーブルに並べたお菓子の皿とお茶の入ったカップから、殿下が選んだものを口にする。

「側近のあなたが毒見を？」

驚いた。そりゃ信用の置ける者に毒見をしてもらうのが一番安心できるとはいえ。

やっぱり側近の仕事の範疇を超えてる。

「ええ。とはいえ、毎回というわけではありませんし、私が食べる前にも毒見役はいますので。どちらかといえば私の毒見は、警戒していますよという犯人への牽制の役割が強いですね」

なるほど。

側近自らが毒見をしているところを目撃させれば、確かに「もう毒を仕込むのは無理か」と思わせられるかもしれない。だったらいいな。

「すまん……ジェフに危険な役割をさせて」

ジェフが冷たい笑みを顔に浮かべた。

ゾッとするような顔だ。

「〝殿下のため〟ならば、なんでもいたしますよ」

ジェフはそう言うと、すぐに表情を戻す。

なんだったんだろう、今の表情。殿下が謝ったことが気に入らない？

……確かに、使用人が主のために行動するのは当たり前で、お礼の言葉は必要ない。まして
や謝罪などすべきではないという考えの貴族もいる。……もしかしてジェフもそのタイプなの
かな。頭を下げるものではないと。そのことに怒ったのかな？

毒見の終わった菓子とお茶を残して、ジェフは再び距離を取って控える。

「ジェフは怒っていたみたいですわね……。殿下のためにしていることが、謝られてしまえば、
殿下の気持ちの負担になっていると感じるんじゃありませんか？」

周りに聞こえないように声を潜めて話しかける。

「あ、ああ、なるほどな……確かに、謝らせるようなことをしてしまったと、心苦しい思いを
させるのか……悪いことをしたな」

殿下の顔が曇る。

あれ？　私も言わなくてもいいこと言った感じ？　殿下を落ち込ませてしまった。

空気を変えようと、慌ててクッキーを1つ口にする。

「まぁ、これは美味しいですわね」

もう1つ持ち上げて殿下に差し出す。

「殿下も、食べて満足そうな顔を見せればいいんですよ。それでジェフは報われますから」

「ああ」

ああって、殿下ぁぁぁぁ！

私がつまんで差し出したクッキーを、殿下がそのまま受け取りもせずにパクリと食べた。

ちょっとぉ！　これじゃぁ、なんか、私が殿下に食べさせているみたいじゃないですか！

「ああ、本当だ。美味いな」

殿下が満足そうに美しい顔に笑みを浮かべる。

深い翠の瞳は輝いて、白く滑らかな肌が薄く色づく。幸せそうな顔を殿下は見せた。

そして、殿下はそのままジェフの方に親指を立てて見せた。美味いぞと伝えたかったのだろう。ジェフが呆れたような顔をしている。

「殿下、申し訳ありません。決して、殿下にクッキーを食べさせようとしたわけでは……」

殿下が顔を赤らめる。

「え？　あ、そうか……」

「勘違いさせてしまったならば申し訳ありませんが、絶対に、何があっても、そんなことを私が殿下にするわけはありませんっ」

強く否定すると、殿下がちょっとしょんぼりとした顔をする。

「……これからも、ずっと……か？」

これはきちんと伝えておかないと。

「そうですっ。いくら、その、馬と親しくなるために餌をあげるというのもあるとはいえ……、私、殿下を馬扱いなどいたしませんわ……！　これからもずっとです！」

殿下が目を丸くしている。

「う……馬……に餌……」

ぼそりとつぶやきを漏らすと、あはははと大きな声を出して笑い始めた。

「なるほど、そういうことか、確かに馬扱いはひどいな。そういう意味じゃないんだが……そっか。そっか。じゃあ、シャリアーゼ」

殿下がクッキーをつまんで私に差し出す。

受け取ろうと手を伸ばしたらひょいっと、私の口元へと持ってくる。

「で、殿下？　私を餌付けするおつもりですか？」

馬扱いされるのは私の方だと言いたいのかしら？　子供か！　仕返しとか、子供か！

ここで拒否したらどうなる。……あ、寿命が減る。なんてこと、たかがこんなことで！

じゃあ食べたら？　12だった寿命が13に増えた。たかがこんなことで？

くぅー。子供め！　仕返しが成功するか失敗するかで私の寿命を動かすなんて、禿げろ！

寿命が増えるなら喜んで食べますよ。ええ、1枚食べれば1年増えるなら、何枚だって。馬扱いされようとも、構うものですか！

にこりと微笑んで、殿下の手から直接クッキーをパクリと食べる。

殿下が再び真っ赤になった。

「こ、これで、おあいこだからな、も、問題ない。全然、問題ないからな？」

なるほど。私が殿下を馬扱いしたと不敬に問われないように、殿下も私に対して同じ行為をしたということですね。ごめん。子供扱いして、禿げろなんて思っちゃった。禿げなくていいです。ふさふさ生えてこーい。

「ありがとうございます。殿下はお優しい方ですね」

殿下がプイっと横を向いてしまった。

「ジェフにも言われてるからな。婚約者とはいえ、不敬な行いをしたら処罰するべきだと」

へぇ。

後ろに控えている無表情なジェフの顔をちらりと見る。

いろいろとアドバイスしているんだ。ジェフは。

確かに、いくら婚約者といえ目に余る不敬行為が続くようなことがあれば、王室が軽んじられていると思われるし、必要なことだと思うけれど。

いろいろとアドバイスをしたり、お茶とお菓子を用意したり、毒見役を自ら買って出たり。

「いい側近がいらっしゃるんですね」

殿下がふぅと息を吐き出してから、紅茶を口にした。

「ちょっと口うるさいけどな」

「口のうるささで言えば、メイ……私の侍女も負けてはいないと思いますわ」

でも、大好き。

きっと、口うるさいと言えるほど、殿下もジェフのことが好きなんだろうと思う。


「シャリアーゼお嬢様、どうですか？　その……あちらの方は」

屋敷に戻り、ドレスを脱ぐのを手伝いながらメイが尋ねた。

「増えたわ」

メイが、寿命のことを聞いているとすぐに分かったので返事をする。

「本当ですか？」

「1年増えて13年」

補足説明をすると、メイはがっかりしたような声を出す。

「……そうですか……」

でも有能なメイはすぐに気を取り直す。

「ですけど、減ったわけじゃないんです。このままちょっとずつ……そうですね、1年で1年増えれば、ずっと死にませんよね！」

「確かに。1年で1年延ばすことを目標にすれば100歳でも200歳でも……って、それは生きすぎでしょう！」

私の突っ込みにメイが笑った。私もおかしくなって笑う。

メイの言う通りだ。減ったわけじゃないし。

「ありがとう……」

メイに聞こえるか聞こえないかの声でつぶやく。

本当に、私はジェフにだって負けないいい侍女を持った。

「そういえば、お茶とお菓子が用意されていましたが、王宮では何も出さない方針から切り替わったんでしょうか？　それとも、犯人が捕まったから心配はなくなったんですか？」

メイもお茶会についてきて壁際に控えていたから、見ている。

「いいえ、あのお茶とお菓子は側近のジェフが自分の足で王都の有名店に買いに行き、誰にも触れさせずに出してくれたものだったのよ。殿下と私のために……有能よねぇ」

メイがふんっと鼻息を吐き出す。

「次のお茶会では私が買いに行って、私が毒見をいたしますわ！」

メイ？　いきなりどうしたの？

「どこのお店のお茶とお菓子だったのですか？　私はそれよりも美味しいものを準備いたしますっ！」

興奮気味にメイが宣言した。止めない方がよさそうよね。

「お願いするわね？　殿下には、次回のお菓子はこちらで用意させてもらうと手紙を書くわ」

……こうしてなぜか、お茶会が王室VS公爵家の使用人による美味しいもの紹介タイムとなっていくことに、その時の私は気が付かなかった。

いやいや、毒殺を警戒した緊迫した事態じゃなかったんですかね？

どうして、そうなった。

2章　野菜事件

お茶会という名のお茶とお菓子の品評会……が始まって、あっという間に3年が経った。

14歳になった私の余命は、15年だ。29歳まで生きられるようになった。わーい。

わーいじゃないよ！　確かに20歳で死ぬ運命よりは9年長く生きられるようになったけれど、まだ若すぎるよね？

殿下は、まだ毒苺ムース事件の残党がいるのではないかと気を張っていたけれど、3年間なんの変化もなく、15歳の今、残り80年。95歳までの長生き殿下で健在だ。

この3年間ほぼ毎月殿下とお茶会をしていたけれど。

15歳になった殿下は王立学園へ入学した。

学園は全寮制だ。公爵家であろうと王族であろうと例外なく寮生活になる。

……とはいえ、学園の敷地には、寮という名の離宮のような立派な建物が王族用に建てられているし、公爵家用も別宅と言っていいような建物が建っている。

侍女や護衛はもとより、料理人などの使用人も好きなように連れていけるため、不自由はない。

要は親元から離れて暮らすという意味での「寮」だ。

さすがに侯爵家や伯爵家になると専用の建物はなくなり、共同で使用する寮になる。建物のワンフロアを使い使用人の人数にも制限が課せられる。子爵家や男爵家になれば寮の1部屋だけになり、使用人は3人まで。

あまり裕福と言えない者は複数人で同室ということになるし、使用人は連れてこられない。寮に入った殿下と次にお茶会をするのは、2カ月ほど先になる。

……大丈夫かな、殿下。

「どうしたシャリアーゼ？　調子が悪いのかい？」

朝食の手を止めてしまった私に、お父様が心配そうに声をかける。

「え？」

私、どんな表情をしていたのかな。調子が悪そうに見えた？　ただ、毎月の殿下の寿命チェックができないから不安になっただけで。

ジェフがついているし、毒見もしっかりしてもらっているはずだし。使用人の人数も王族にしてはかなり絞って、信用できる者を厳選しているはずだし……大丈夫だよね？

「熱はないか？」

お父様が私の額に手を当てた。触れたことで数字が見える。お父様の余命は35年。うん、減ったりしてない。大丈夫だ。

「私も1年後には学園での寮生活が始まるのだなぁと考えておりました」

「ああ、そうだな。シャリアーゼに会えなくて寂しくなる……」

お父様が悲しそうな顔を見せた。ぎゅっとお父様に抱きつく。

お父様の余命は35年。私は微増したといえ15年だ。

お父様は、最愛のお母様を亡くし、そして娘の私まで亡くしてしまったらどれほど悲しむか。

死にたくない。自分が死ぬのも辛いけれど、お父様を悲しませるのも辛い。

絶対に、元の寿命に戻して、お父様よりも長生きしなければ……。

「休みのたびに帰ってきますわ。学園は目と鼻の先ですもの」

寮に入るまでもない距離に学園はある。

「そうしておくれ。皇太子妃になると、簡単には会えなくなってしまうからね……」

そうですね。いくら宰相として王宮への出入りができるといっても、皇太子妃に毎日会うことは難しいですよね。執務の邪魔をするわけにもいかないし。

って、待って、あれ……？

私が、皇太子妃？

当然、皇太子の婚約者なんだからそうなんだけど。

婚約破棄や婚約解消の可能性をいつも考えていたこともあって、実感はなかった。

今まで漠然と分かっている気がしていただけで、今、はっきりと自覚して驚いた。

そうだわ。私、皇太子妃になるんだわ。このまま何ごともなければ……。

さすがに、29歳まで生きられる今となっては、婚約している限り結婚を29歳まで引き延ばすようなことはできない。

私が、殿下と結婚……？

そうか……私、このままだったら殿下と結婚するんだ……。

もし、寿命がこのままなら私は29歳で死んじゃう。私はそれまでに子供を産んでいるのだろうか。子供がいるとすれば……。その子は、私と同じように母を小さいころに失ってしまうことになるんだ。

お母様を亡くした時の胸の痛みを思い出した。

辛い、悲しい、寂しい、……苦しい、私も一緒に……お母様と一緒に……。

こんな思いをさせたくない。

寿命を取り戻さないと。もし、取り戻せないのであれば……。

今までは若くして死にたくないと。殿下を死なせたくないと。そのことばかりを考えていたけれど。

寿命が元に戻らなかった時のことを考えておかなければならないのかもしれない。

婚約を1年延ばしてもらった時とは話が違う。結婚してしまってからでは引き返せないことも出てくるだろう。

婚約を解消してもらうことも考えなければ。寿命がこれ以上減らないで婚約を解消する方法が、あるならば……。


「シャリアーゼ、2カ月ぶりだ」

2カ月ぶりに会った殿下は、また身長が伸びて大人っぽくなっていた。

初めて会った時は、威厳（いげん）のある振る舞いと生意気（なまいき）な振る舞いの違いも分からないような子供だったのに。

女みたいと言われて傷ついていた美しい顔も、少年から青年へと成長する過程のなんとも言えない色気を放っている。

「会いたかったよ」

そう言って、殿下は私を抱きしめた。すかさず寿命チェック。今日も長生き問題ないです。

……それにしても……。殿下はあれから順調に、乗馬の時に馬と親しくなった手順通りにスキンシップを増やしてきた。

指先から、手の平……そして、半年ほど前から、こうしてハグするようになった。

いつまでも、私は殿下にとっては馬のようなものなんですね……。

今日のハグはいつもよりも力強い。ドキドキする心臓を鎮めながら殿下に声をかける。

「殿下、離してください」

まぁ私が言い出したことですが。殿下に慣れるためにと。

寿命チェックするために触れる言い訳だったのですが。

顔が赤くなってやしないかと、どぎまぎしながら殿下の体を押しのける。

「シャリアーゼ、嫌だったか？　その……」

「もう、殿下といることで倒れるようなことはありませんので。馬と触れ合って慣れていく時期は終わりにしませんか？」

殿下がびっくりしている。

「馬？　え？　なんのことだ？」

なんのことだって……？　首を傾げると、殿下がハッとした。

「いや、ああ、あー。確かに……昔そんな会話を……」

何？　忘れてた？　いやいや、でも馬と慣れる手順通りの行動をしてましたよね？

「指先から触れ、手の平で、それから抱きしめられるまでになってから、馬に乗ったのですわよね？　さすがに私は殿下を乗せるわけにも、殿下に乗るわけにもいきませんし……」

殿下が真っ赤になる。

「大丈夫ですか？」

殿下の顔を覗き込むと、ふいっとそらされる。

「す、すまん、その大丈夫だ。ただ、その言葉の表現に、俺が変な想像をしただけで……」

変な想像？　私が四つん這いになった殿下にヒールを押し当て鞭を振るところでも想像したのかしら？　それで、怒りに顔を赤らめたとか？

「お、俺は、その、慣れたからといって、馬に冷たくするような男ではないんだが」

気持ちを立て直した殿下が私に手を差し出した。

エスコートされるままに王宮の一室のバルコニーに出る。

警護しやすいからと相変わらず室内でのお茶会なのだが……。今日のバルコニーからは色とりどりに咲き誇る薔薇園がよく見える。

風に乗って、薔薇のよい香りが広がっている。

「そうですわね。馬など道具の1つとしか思わずひどい扱いをする者もいると聞きますが、殿下はそのような人ではないと知っておりますわ」

「そうだろう？」

と言って、殿下が両手を広げて再び私をハグしようとする。

分かる、分かるんですよ。私も愛馬はいっぱい撫でてあげたいと思うんですが。それでも、私は殿下を馬主だと思えないですし、私は馬じゃないんです。殿下がいくら馬だと思っていようが……。

「殿下、事情を知らない方から見れば、ただの男女の抱擁ですわ」

「ああ、ただの男女の抱擁に間違いはない。それが何か問題か？」

問題大ありです。私の心臓的に！

殿下にとっては「こいつでいい」程度で選んだ婚約者でしょうけど。

好きだと思われてないと分かっていても、ドキドキするものはドキドキするんですよ。

万が一好きになったらどうするんですか。

好きになるつもりはないんです。……殿下にも好きになってもらうつもりはないんです。

29歳で死ぬ運命のままなら、婚約解消も視野に入れた方がよいと思ったところですし。そうですね……学園を卒業するころまでには？　それとも20歳くらいまでに？　結婚を引き延ばすにしても20歳を超えると不自然だし……。

子供に幼い時に母親を失う悲しみを味わわせたくないし。それに……。

愛するお母様を失った時の、お父様のあの憔悴しきった姿を思い出す。

あんな悲しい思いを殿下にしてほしくはない。殿下には長生きする人を好きになってもらいたい。

「とにかく、来年になれば私も学園に入学いたします。学内で抱擁する男女の姿など風紀を乱します。示しがつきません」

「それはそうだが……人目を避けるわけにもいかない……か」

はい？　そうですよ。人目を避けて抱擁なんてもってのほかです。いつ暗殺されるか分からないのに、自分から命を狙うチャンスですよって行動なんてできるわけありません。

って、抱擁をそもそもする必要がないんです。問題をはき違えてません？

まさか、殿下は私を抱きしめたいの？　馬を抱きしめられない代わりに？　寂しいとか？

……ぬいぐるみでも今度贈ろうかしら？　確かに、抱きしめると落ち着くのよね。

殿下がぬいぐるみを抱きしめて寝ている姿を想像して、笑いそうになって顔を背(そむ)ける。

ジェフの姿が目に入った。そういえば結婚の話は聞かないけれどジェフももう30歳よね？

男性でも30歳まで独身の人は少ない。とはいえ、王弟殿下も30歳になるのに婚約すらしていない。婚約者もいないのには理由があるんだろうか？　実は愛する者がいて、身分差で結婚できないとか？　ロマンスを想像して口元が緩(ゆる)む。

「シャリアーゼ、ジェフより俺を見ろよ。なんでそっち見てんだ」

いや、ぬいぐるみを抱きしめている殿下の姿を想像しないように……って、言えないし！

えーっと、えーっと。

「あー、最近瞳の色占いが流行(はや)っていて瞳の色が濃い殿方(とのがた)は情熱的、薄い方は薄情(はくじょう)とか……ジェフの瞳はどんな色だったかなぁと？」

後ろに控えていたメイに声をかけると、メイが続けた。

「茶色は穏やかな性格で、青はクール。灰色は暗くて緑は明るいなんていうのも聞いたことがありますわ。ジェフは薄い茶色の瞳ですから、瞳の色占いで言えば穏やかな性格の薄情な方となりますわね？」

「ジェフが穏やかで薄情？　ははは、そうだっけ？」

殿下が楽しそうに笑ってジェフを見た。

「残念ながら瞳の色占いは当たらないようですわね。ジェフは殿下のために毒見役を買って出るほど情が深いですもの」

私が代わりに答えると、ジェフが嫌そうな顔をする。

「どうでしょう。私は……殿下が野菜を残しても無理やり口に押し込めたりしない程度には穏やかであり、好き嫌いをすることによって成長の妨げになるのを見逃す程度には薄情だと思っておりますが」

ジェフの言葉に、殿下がうっと口をつぐんだ。

殿下は嫌いな野菜を残すことがあるんだ。苦いから嫌いなのかな。すっかり大人っぽくなってきたけれど、子供っぽいところがあるのを知って嬉しくなる。


「久しぶりシャリアーゼ。会いたかったよ」

2カ月ぶりに会う殿下は、また一段と男らしくなっていた。

男の子ってすごいなぁ。成長期ってたった2カ月でこんなに背が伸びるの？

びっくりして息を飲んでいる間に、殿下がぎゅっと私を抱きしめた。

あ、あれ？ 私、前回「もう十分慣れたので過剰なスキンシップは控えましょう」みたいな話をしたよね？

「殿下」

ぐいっと殿下の体を押しのける。寿命はしっかりチェック。うん。変わりない。

殿下が押しのけた手を見下ろしてから、私の顔を見る。

「シャリアーゼは……会いたくなかったのか？」

そういえば、殿下は会いたかったって言ってたわ。なんで、私に会いたいのだろう？ もしかして、毒苺ムース事件に進展があった？

「私も、会いたかったですわ」

そうと知っていれば、会いたいに決まっている。

早く話を聞かせてほしい。事件の黒幕が捕まれば、暗殺に必要以上におびえる必要がなくなるんだもの。

殿下は私の答えに満足したのか、私の手を取りエスコートすると、部屋の中央に置かれたソファに腰かけた。今日はあいにくの曇天（どんてん）のためバルコニーには出ないようだ。

いつものように、ジェフがお茶とお菓子を準備し毒見をする。

カシャン。

ジェフが、スプーンを珍しく取り落とし、大きな音が部屋に響いた。カップから紅茶がこぼれて飛び散る。

まさか、毒が？

「大丈夫？」

心配するふりをしてジェフに触れるも、すぐに避けられてしまい、数字を見逃してしまった。

二桁（ふたけた）ということだけは分かった。０ではないということは、毒で今すぐ命を失うわけではないはずだ。

「申し訳ありません。ちょっと手が滑（すべ）っただけで……」

メイがすっと前に出てきた。

「顔色がお悪いようです。調子が悪いのであれば、代わりますので」

メイの言葉に、殿下が立ち上がった。

「体調が悪いのか？　無理をして仕事を続けていたのか？　気が付かずに……すまん」

殿下の言葉に、ジェフが下唇を噛んだ。

悔しいのか悲しいのか辛いのか。主に無理をさせてすまなかったなどと頭を下げられる気持ちは、いかほどのものか。毒見を買って出たり、自ら買い物をしたりと……殿下に対する思いが強いジェフにとって……。

重苦しい空気をメイが打ち破った。

「ジェフさん、無理して仕えることは決して褒められることではありません。倒れたら、働かせすぎだと主の悪評になるんですよ？　仕事がちょっとくらいできなくたっていいんです。主の顔に泥を塗らない側近の方が何倍もすごいんですからね？」

ジェフが、辛そうに顔をゆがめた。

「無理をするジェフさんは二流です。いいえ、三流ですよっ！」

メイの次々飛び出す言葉に、殿下が止めに入った。

「それくらいにしてやってくれ……。俺にとってジェフは超一流だ。誰よりも頼りになる側近なんだ」

殿下の言葉に、ジェフはさらに深く唇を噛んだ。

ここは、殿下、もったいない言葉、みたいに感動して、さらなる忠誠を誓うような場面。

……と、思ったら。

「私は……殿下の側近にふさわしくはありません。どうぞ、このまま排除してください」

とジェフがつぶやいた。

「何を言ってるんだ。ジェフ以上の側近なんかいるわけはないっ」

殿下が悲しみと怒りを含んだ声を出す。

そして、メイが焦ったようにジェフの肩を揺さぶった。

「そ、そうですよ。私は世界一の侍女のつもりでいますが、悔しいけれどいつもジェフさんには勝てる気がしなくて。このまま辞めるなんて撤回してください。今は体調が悪いから、だから変な考えになるんです。人間、疲れているとろくなことを考えませんからっ！」

メイが必死に止めようとする。

「休みを命じる。次の茶会までの2カ月しっかり休め。その時また話をしよう。辞めたいなら無理に引き留めない。だが……。本気で辞めたいという言葉でなければ認めない」

殿下が、バルコニーへと出ていく。

今にも雨粒を落としそうな雲に空は覆われている。

風も出てきて、決して居心地のいい場所ではない。

開け放たれた窓から風が入り、留め具が外れてバサバサとカーテンを揺らした。

私もバルコニーに出て殿下の隣に立つ。

風で大きく揺れる木の枝。時折葉っぱが飛ばされてくる。まるで嵐が来る前のようだ。

「学園の寮と王宮との連絡役もしていたんだ……。王宮にいる時よりも仕事が増えて当然だったのに……」

そうか。行ったり来たりするだけでも手間が増えるね。書簡で連絡するにもやはり書く時間が必要になる。

「私もきっと、学園の寮に入るとメイに頼りきりになっていますわ……。殿下……。信用するあまりのことでしょう。頼りになるからこそでしょう」

メイがいれば大丈夫と。そう思うあまり、メイ以外の侍女に頼ることは確かにほとんどない。

いくら、他の侍女が私の秘密を知らないからといって、遠ざければ遠ざけるほどメイの負担が重くなるのは当たり前のことだ。

「来年は私も学園の寮に入ります。連れていく侍女を今一度考え直したいと思いますわ……。殿下も、一緒に考えてくださいますか？」

「……ああ……」

殿下はバルコニーの外に顔を向けたまま小さく返事をした。

もしかしたら、悔し涙を流しているのかもしれない。辞めるという言葉をジェフが口にして悲しくて泣いているのかもしれない。

私もきっと、メイが辞めることになったらいっぱい泣くと思う。……でも、メイが結婚して辞めると言った時には、笑顔で送り出せるようにしないと。

見どころのない、薄暗くて日の射さない庭園を見たままの殿下の背中に、そっと手を置く。

雨粒が落ち始めるまで、しばらくそうしていた。

雨が降り出し、部屋に戻ると、ジェフの姿はなかった。

2カ月休めと命じたのだからいなくとも不思議ではない。ただ、いつも背筋を伸ばして壁際に立っていたジェフの姿がないと、それだけで寂しく感じる。

殿下はきっと私の何倍も寂しく感じるのだろう。

コンコンと扉が叩かれた。

ジェフが戻ってきたのではと、一瞬殿下が考えたのが表情で分かった。けれども部屋に入ってきたのは。

「叔父上」

殿下ががっかりしたように入ってきた人物に声をかけた。

王弟殿下コンラート様だ。陛下の年の離れた弟。殿下は今15歳で、陛下は48歳だ。王弟殿下は30歳。

陛下と顔の形と口元は似ているが、他はあまり似ていない。殿下に女みたいだと言ったらしいけど、確かに王弟殿下はめちゃくちゃ男くさい顔つきをしている。太い眉に、彫りの深い鋭い目元。鼻は大きくて高い。黒くて太いくせ毛も殿下の細くて金色の髪とは似ていない。

「ジェフを追い出したと聞いたが？」

王弟殿下は許可もとらずに向かいのソファにどかりと座る。

「追い出したんじゃありません。休暇を取らせたのです」

王弟殿下がソファの肘置きに手を突き姿勢を崩す。

「休暇をもらった者の顔じゃなかったが？」

殿下がぐっと奥歯を噛みしめた。

ジェフが辞めてしまうかもしれないという不安が胸を占めている殿下に対して、王弟殿下の言葉は鋭すぎる。心臓に言葉の槍が刺さっていることだろう。

「疲れが溜まっていたようですので、それで表情も浮かなかったのでしょう」

空気が読めないふりをして、コンラート王弟殿下に声をかける。

「発言の許可は出していないが？」

「叔父上！」

王弟殿下の言葉に、殿下が慌てて私の体を引き寄せた。

「なるほどね」

王弟殿下は立ち上がると、殿下の額を手の平でぐいっと押す。

「アーノルド、ジェフをないがしろにするなら、いつだって、返してもらう」

王弟殿下が、殿下の肩をどんっと力を入れて叩いて部屋を出ていった。

殿下がのろのろとした動作でソファに座った。

メイが慌てて王宮の侍女たちと一緒になって、お茶とお菓子を入れ直してくれた。

殿下もかなりショックを受けているようだ。

「殿下……その」

どう声をかければいいか分からない。

「シャリアーゼしかいない……だから、離れていかないで……」

今にも泣きそうな顔の殿下の両手を握(にぎ)る。

「だ、大丈夫ですよ。休暇を終えればジェフは戻ってきますよ」

自分で毒見役をするなんてよほど殿下のことを思っていなければできない。

寝る間も惜しんで文句一つ言わずに仕事を続けるなんてできない。

「ジェフは……」

殿下が下を向いたまま口を開いた。

「叔父上と学園で一緒だった……。父はなかなか子に恵まれなかったから、叔父上が皇太子になるかもしれないと……将来の側近候補として学園で一緒に過ごした……」

え？　ジェフはもともとコンラート様の側近になるはずだった？

「俺が……11歳になり、シャリアーゼと婚約をしたことで、叔父上の側近候補だったジェフは俺の側近になった」

まさか、公爵家が後ろ盾になったことで、王弟殿下が皇太子になるという話は遠のいたからだろうか。

王弟殿下を皇太子にしたい人間にとって、邪魔なのは、殿下と私。

殿下がいなくなれば王弟殿下が皇太子、次期国王だ。

私がいなくなれば、強い後ろ盾がなくなった殿下の皇太子の地位は盤石ではなくなる。そうすると、王弟コンラート様を皇太子にという声が強くなりかねない。

毒苺ムース事件の黒幕は王弟殿下？　もしくは、王弟殿下を皇太子にしたいという派閥の者？

「叔父上とジェフは同じ年だから、プレお茶会で親しくなったらしい。それでジェフは叔父上の側近候補になった」

プレお茶会は、まだ社交界デビューしていない子供たちのためのお茶会だ。王族が側近候補を見つけるためや、派閥の結束を強めたい貴族が子供のころから取り入ろうと開いたりする。

「叔父上とジェフは学園でずっと一緒に過ごしていたんだ。学園を卒業すると2人で騎士学園にも入った……」

んーと、そのころには殿下は生まれていたはずだよね。

騎士学園に入るころには皇太子になってたはずで。

「えーっと、なぜ11歳の時からジェフが側近に？」

「俺はプレお茶会で気に入った者を見つけられなかった。だから、側近として学んでいたジェフがいいんじゃないかと」

なるほど。同年代にふさわしい人間が見当たらなかったってことかなぁ。優秀さでジェフが秀でてたんだろうね。

「……俺が奪ってしまったんだ。だから叔父上が返せと言うなら、ジェフは……」

そうか。私からはジェフは殿下の側近にしか見えないけれど、殿下にとっては王弟殿下の側近候補と感じてしまうのか。そりゃ不安になるよね。

「殿下、ジェフのことは2カ月後に考えればいいと思うんです。それよりも、その……王弟殿下……コンラート様を皇太子にという派閥ではないのですか？　殿下の命を狙ったのは」

殿下が首を横に振った。

「もちろん、すぐにそれは調査をした」

そりゃそうか。

「何も出てこなかったどころか、叔父上が皇太子になるつもりはないと、派閥の者に釘を刺して回っていたことが分かっただけだ」

え？

「そもそも騎士学園に通ったのも、皇太子ではなく騎士になるつもりだと見せるためだったそうだ。それに皇太子になるために有力な貴族の娘との縁談を勧めても拒否し続けているらしい。それどころか生涯誰とも結婚せず、子を設けるつもりもないと言っているらしい」

ああ。なるほど。だからもうすぐ30歳になるのに婚約者もいらっしゃらないのか。

「叔父上は、国が相続争いで荒れないように……俺のために、結婚を諦めたのに……」

そうだね。いくら賢王が治める国でも、相続争いで内紛が起きてあっという間に荒廃してしまうことはある。時にはその隙に他国から攻め込まれて滅んでしまったり、属国になったりすることもある。

それを回避するために、王弟殿下は結婚しない意思を示して王弟殿下派を諦めさせたのか。

「ジェフを返せと言うなら……」

言われたら、返しちゃうね。

結婚を諦めさせ、側近まで奪って、何もかも王弟殿下から奪うなんて、そりゃ心苦しいもんね。

「殿下……コンラート様の言葉をよく思い出してください」

「え？」

「コンラート様はこう言っていましたよ？　ジェフをないがしろにするなと。ジェフを大事にしろって、忠告しに来たんですよね？　返してくれと言いに来たわけじゃないですよね？」

ないがしろにするなら返してもらう、と言っていたから、間違いないだろう。

王弟殿下は、ジェフを大事にしろと。ちゃんと休ませろと言いに来たに違いない。

殿下の側近を辞めさせるつもりならば、むしろ殿下には何も言わずに、ジェフに「私のところへ戻ってこい、陛下には私から話をつける」とでも言うだろう。

まぁ、それにしても、分かりにくい言い方をなさる方だ。

……まさか、殿下はそんなめんどくさい血は引いてないですよね？　「婚約者はこいつでいい」って言葉に裏の意味なんて……。

あるわけないか。

「ああ……そう言われれば……、確かに、そういうことか……。あんなに疲れさせるまで働かせるなと苦情を言いに来たんだな」

殿下の表情が晴れ晴れとしたものに変わる。

よかった。

「ありがとうシャリアーゼ。やっぱり俺のシャリアーゼはすごい！」

いやいや。気が付くでしょう。アーノルド殿下が、いろいろ気にしすぎて気が付かなかっただけで。


あっという間に2カ月が経った。王宮の一室に通される。今日は1階の東の部屋だ。

部屋に入ると、殿下がドアの前に立ち、迎え入れてくれる。

……あれ？　最近はいつもすぐにハグしてくるのに、今日はしないのだろうか？

って、私が男女の抱擁に見えるからやめようって言ったんだけど。ほら前回はそれを無視されたのに。今日はどうしてハグしないの？　べ、別にがっかりなんてしてないよ！

殿下の差し出した手に手を重ねる。普通のエスコート。

「あっ」

嘘だ。

「大丈夫かシャリアーゼっ！」

前のめりにふらついた私を殿下がしっかりと支えてくれる。

どくどくと心臓が高鳴る。

「大丈夫です。その、考え事をしていたので、躓(つまず)いてしまったみたいで……お恥ずかしい」

私の言葉に、殿下がほっと息を吐き出す。

「よかった。また、その……気分が悪くなったって言われなくて……」

よかったと言っているけれど、殿下の顔はあまり明るいものではない。

いったいどういうことなのか。体調がすぐれない？　この2カ月の間にいったい何が。

殿下が仕切り直して、私をエスコートしてソファに座らせた。そして殿下も隣に座る。

メイは心配そうな顔で私を見てから、部屋の中を目だけで見回した。

何かを探しているようだ。

あ……。いつもジェフが控えている場所に、別の男性の姿がある。

「ジェフは？　次のお茶会まで休めというのは、今日まで休みということでしたか？」

「いや……昨日までのはずだったんだが……」

ということは。戻ってこないっていうこと？

辞めるというようなことを言っていたけれど、本当に辞めてしまったの？

殿下の浮かない表情はジェフがいないせい？　なんと言葉をかければいいのか……。

「紹介しよう、新しい側近のマーカスだ」

殿下が手招きすると、マーカスが来て丁寧なお辞儀をした。

「初めましてシャリアーゼ様。殿下の思い人に会えるのを楽しみにしていました」

思い人？　婚約者ってことよね。政略結婚だしさ。言葉を選んだのかな。

ジェフは真面目が服を着て歩いているように、表情はいつもすましたもので、冷たい感じがするようなクールな顔だった。

一方マーカスは、表情豊かで、口調も軽く、頭を働かせるよりも楽しいことを見つけるのが好きそうな青年だ。

「マーカスは学園の生徒会長を務めた男で、俺と剣術を同じ師の下で学んでいる関係で前からの顔見知りなんだ」

殿下がマーカスについて説明してくれるけれど全く頭に入ってこない。

全く正反対に見えるマーカスに側近など務まるのかな。

ジェフが戻ってくることを前提として臨時に頼んだだけって考えた方がいいのだろうか。ジェフが戻ってくるのを強く望んでいる殿下にとって、ジェフが帰ってこないのは大変なことだろうけれど……それよりも……。それよりもだ！

「気持ちを落ち着けたいので外の空気に当たってもいいかしら？」

「うん。そうだね。いろいろと驚いただろう。気持ちを落ち着けてからお茶にしようか」

殿下の手を取り、２人でバルコニーへと移動する。

やっぱりだ。

心臓がバクバクして破裂しそう。なんで、どうして！

先ほどの数字は見間違いなんかじゃなかった。殿下の寿命が残り1年に減ってる！

なんでなの？　1年後に何があるというの？

……いえ、それともすでに1年後の死に向けて何かが始まっているの？

ジェフが戻ってこないことは何か関係ある？　それとも全く別の話？

私が学園に入学することは関係ある？　私の寿命は変化がないということは無関係？

どうしよう。

「殿下、何か、その……何かここ最近、変わったことはありませんか？」

ジェフがいなくて別の側近になっているという変化は確かにあるだろうけれど。

他に……何かヒントはないだろうか。

「うーん……変わったこと？」

「些細なことで構わないんです。何か新しく体を鍛えるために始めたとか、どこかへ視察の予定が決まったとか、いつもと違う……その、たとえば食事の味や種類が変わったとか」

殿下がちょっと複雑な顔をする。それから、わざと声のテンションを高くして、口を開いた。

「シャリアーゼ、お前さ、そんなに俺のこと気になるのか？」

ジェフのことを気にして暗くなりがちなのを、無理やり忘れようとしているようにしか見えない。わざと軽い口調なんだろうと分かるんだけど。

「……殿下のことでしたら、なんでも聞かせてほしいと思います」

ヒントが欲しい。余命が1年に縮んでしまった理由が知りたい。

からかうような言葉に真面目に答えると、殿下がびっくりしたように口を閉じて耳を赤くしながら横を向いてしまった。それから、ふぅっと小さく息を吐き出して顔を私に向けた。

「いいだろう、教えてやる。……最近はたくさん野菜を食べるようになった！」

自慢げな言葉に、はてなマークが頭に浮かぶ。

野菜？

「そういえば、前、ジェフにからかわれていましたね。残した野菜を無理やり口に押し込んだりはしないと。殿下は野菜が嫌いだったんですね」

ふふっと笑うと、殿下がちょっと寂しそうな顔をする。

「そうだ。ジェフが戻ってきた時に、野菜を食べられるようになったと驚かせてやろうと……。苦い野菜も食べるようにしていたのに……」

ジェフが戻るのを、殿下は戻ってきたあとのことを楽しみに過ごしていたのか。

「その、ジェフはどうして……戻らないのですか？」

殿下のことを嫌っていたようには見えなかったけれど。

「体調がすぐれないと手紙が来た……」

体調が。殿下の表情から、戻らないための言い訳だろうと思っていることがありありと分かる。

……けど、本当かもしれない。だってそもそも調子が悪そうだったから休ませたのだし。

あれ……。

かちりとパーツがはまったような音がした。

ジェフが体調を崩している。

殿下はジェフがいなくなってから寿命が短くなってしまった。

ジェフは、毒見役を買って出ていた。

殿下の腕に自分の腕を巻きつけて引き寄せる。

「シャリアーゼ？」

殿下が突然の私の行動に焦っているようだ。

「その、もし、俺を慰めるためにその、こうしてくれるなら、あー」

慰める？　そんなものはあと。一刻を争うんだからっ！

他の人に声が聞こえないように、殿下の耳元近くに顔を寄せてひそひそと話す。

「殿下……もしかすると、遅延(ちえん)性の毒が食事に混入されていたなんてことはないですか？」

「え？」

「苦いと感じるのは野菜の苦みではなく毒という可能性はありませんか？」

殿下が、私の腕をするりと外し、肩に手を回した。

「……どうしてそう思った？」

「ジェフは毒見役をしていたのでしょう？　ということは、ジェフも知らない間に遅延性の毒を口にしていて体調が悪くなったのでは？」

「いや、だが俺はジェフが毒見をしたものを食べていたのだから、体調が悪くなるなら俺も同じように……あっ、そういうことか。ジェフは苦い野菜の入ったものも食べていたが、俺は苦いものは残していたから……だから、必然的に毒の摂取量が少なかったから影響も少なかったということか？」

こくんと頷く。

「毒の苦みをごまかすために、苦い野菜の入った料理に遅延性の毒を入れていたとしたら……」

遅延性の毒、少しずつ体内に入れることで、不調が少しずつ出て、死に至る毒。

口にしたらすぐに痙攣(けいれん)したり血を吐いたりする即効性の毒であれば、毒見をすればすぐに発見できるが、遅延性の毒を少しずつ摂取させられているのは、毒見をしても気が付くことはまずない。

殿下の手を取る。

「俺の……毒見をしていたせいでジェフが……」

殿下の手は小刻(こきざ)みに震えている。

「……そうだったのか、俺は毒を盛られていたのか。犯人はまだ諦めていなかったんだ……。でも、よかった……」

全然よくない！　と、殿下に言おうと顔を上げたら、殿下が私の顔をまっすぐに見ていた。

指先が冷たくなっている手で私の頬(ほお)を撫でた。

「命を狙われているのが、俺で……シャリアーゼじゃなくてよかった」

殿下がにこりと笑った。

「な……」

何を言っているのっ。

「全然よくないですっ！」

私がなんのために自分の寿命が短くなるのも顧みず、殿下と婚約を続けていたと思っているのか！　殿下を死なせたくなかったから！　すべてが無駄になっちゃうじゃない！

「私の命に代えても、殿下は死なせません」

殿下が私を抱きしめる。

「俺の……命は、シャリアーゼお前のものだ。俺は、シャリアーゼのために生きよう」

背中に回された手が食い込むほど強く抱きしめられる。

ちょ、殿下の命が私のもの？　いやいや、それはさすがにないない！　私は20代で死んでしまうんだから、私のために生きるって……あれ？

66……。も、戻った……。寿命が……80歳まで生きられる……。

私の66の数字の隣には殿下の1の数字。――殿下があと1年で死ねば、私は生きられる。は、ははは。そんなの、一生後悔して80歳まで生きるなんて地獄じゃない？

そんなの、冗談じゃないってば！

ふざっけんなよ！

「殿下っ、一緒に長生きしましょう！　一緒じゃなきゃ嫌ですっ！　2人一緒じゃなきゃ！」

殿下が私を抱きしめたままちょっとかすれた声でつぶやいた。

「ああ、……シャリアーゼ……生きたい。2人で……俺はシャリアーゼと……ずっと一緒に」

耳元で切なげな声で囁（ささや）くなんてずるいですっ。

ちょっとは私のこと好きなのかもとか思っちゃいそうになるから！

「殿下！　とにかく、これから先のことを考えましょう」

「そうだな。犯人の思い通りになんてさせるものかっ！」

さて、じゃあどうしようかと相談を始めようとしたところで、遠慮（えんりょ）気味に声がかかった。

「シャリアーゼお嬢様……そろそろお茶をお淹（い）れしてもよろしいですか？　抱き合っているところ申し訳ありませんが……」

だ、抱き合ってる？

うひゃーっ！　確かに、内緒話を自然にするふりで、密着してたけど……いつの間に、こんなことにっ！

慌てて殿下の腕の中からすり抜ける。

「メ、メイ、これはね、ご、誤解なのっ」

「誤解？　いつもの馬に慣れるための接触のやつですよね？　もう今日はそれくらいにして、お湯が冷めてしまいますし……」

真っ赤になって否定してたらメイがあっさりと返してきた。

「そ、そうなのよ……あはは」

メイがこそっと私の耳元で囁く。

「殿下の表情がどこかすっきりしましたね。何を言ったんです？　ジェフさんが戻らなくてショックを受けていたのでは？」

言われて殿下の顔を見ると、確かにつきものが取れたような晴れやかな顔になっている。遅延性の毒を盛られて殺されそうになっているというのに……。あ、そうか。

ジェフが戻ってこないのが毒のせいだと分かったから、嫌われているかもしれないという思いが晴れたのか！

部屋の中に戻ってソファに腰かけるとメイがお茶の準備を始める。

部屋の中には護衛に侍女、それに新しい側近のマーカスが控えている。

「メイ以外は出てもらっていいかしら？」

殿下の手を握ってお願いする。その様子を見たマーカスが笑った。

「邪魔しませんよ、どうぞどうぞ、仲良くやってください。全然気にしないんで」

ありがとうマーカス。そう言ってもらえば、私と殿下が2人きりになりたいから人払い(ひとばら)をお願いしてるって印象がつくわよね。まぁ、メイも残るけど。

本当は、毒対策の相談をするための人払いだ。……聞かれてしまえば意味がない。だって、誰が犯人の仲間なのか分からないのだから。メイ以外は信用できない。

「殿下、分かってるでしょうが、キスは駄目(だめ)ですよ、ええ、キスしちゃうと、歯止めが利かなくなりますからね！」

ニヤニヤとマーカスが殿下に耳打ちして控えの間へと消えていく。

キ、キ、キス？　ちょっと、何を言うのよっ。するわけないわよ。私たち、婚約してるけど、恋人同士とは違うんだからっ！

顔を赤くして殿下もそうだよねと見たら、私以上に顔を赤らめていた。

「あの、殿下……ま、ま、まずは、お茶をいただきましょうか……」

キスなんて言うから、殿下もめちゃ意識してるじゃないの。

マーカスの馬鹿っ！　もうっ！　足の小指を椅子の脚(あし)にぶつける呪いをかけてやるっ。

リンゴの香りを胸いっぱいに吸い込みながら、お茶を口に運ぶ。

はぁー、美味しい。癒(いや)される。

……ああ、でも、少し気持ちが落ち着いたかもしれない。殿下の寿命があと1年と見えて心臓がつぶれそうだったけれど。マーカスのからかいが少しは役に立った？

「どうしましょうか、殿下」

「そうだな。考えたんだが、もし、料理に毒が仕込んであるのならば、夕食だと思うんだ」

「それはなぜですか？」

殿下も落ち着きを取り戻したようで、分かりやすく話をしてくれる。

「朝食はパンに生野菜とフルーツにベーコンだから、混ぜにくいだろう」

「確かにそうね。パンやフルーツやベーコンが苦かったらすぐに分かるわね。……でも生野菜は？　ドレッシングに毒を混ぜることだって」

殿下が視線をそらした。

「……残してたのですね……」

「いや、だから最近は食べてたよ。でも、特に苦い野菜はなかったと思う」

なるほど。野菜嫌いな殿下に、生野菜のサラダで苦い野菜を使うとは考えにくいか。余計に食べなくなるだろう。一流の料理人なら、食べやすい苦みの少ない野菜を選んで出すか。

「昼食はどうなのですか？」

殿下がうんと頷く。

「昼食は学園の食堂でとるんだ。大鍋(おおなべ)で作られた料理をカウンターで器に盛ってもらう。肉料理は並べられたものを好きに生徒が取っていくセルフ方式だ。皇太子だからと特別扱いはされない」

ちょっと想像してみる。

「並ぶならば、あと5人で殿下の順番だと分かるわけですすよね？　あらかじめ器に毒を仕込んでおくことはできるのでは？」

殿下が首を横に振った。

「器は、自分でお盆に載せてカウンターに行くんだ。同じお玉を使い、順に盛っていくだけ。怪しい動きをすればすぐにバレるだろう。生徒会室で食べる時は運ばれてくるが、誰がどのお盆を手にするかは分からないし、運んだ者が疑われるだろうから考えにくい」

なるほど。目の前で料理を提供するのに怪しげな動きはできないか。生徒会のメンバーを道連れにするわけもないし。運ぶ人間が怪しまれずに実行するのは無理があるわよね。

……となると。

「昼食も考えにくい、だから夕食だと思っている」

「そうみたいですね……とすると、寮の……王宮から派遣された人間の中に犯人が」

殿下が顎に手を当てて眉根を寄せる。

「料理人は、苺ムースの時に散々調査した人間を3人。念のため寮で使う食材も、毎日王宮の食糧庫へ足を運んでランダムで選んで持って帰ってきているらしい。仕入れ業者という線もないと思う」

「なるほど。作る段階で毒の混入の可能性は低いということですね。そのあと……料理人の手を離れて殿下の元に並べられるまでに毒が入れられている?」

とすれば配膳(はいぜん)する者。もしかすると毒見役が毒を入れている可能性だって考えられる。ジェフが毒見をする前に、別の者も毒見をしていた。ジェフと違って、日替わりになるだろうから、遅延性の毒であれば影響は少ないし大丈夫だと思っている可能性もある。いや、解毒薬をあとで飲んでいるのかもしれない。

「もしかすると食器に毒をあらかじめ付着させている可能性もある」

殿下の言葉に、それもあるかと納得する。食器を磨(みが)くのは、侍女の仕事ではない。下働きだ。

「下働き……となると、人数も増えますよね……」

下働きは人数が多くて監視しづらいのもあるし、侍女ほど身元のしっかりした者ばかりではなくなる。

「もちろん、下働きは建物への出入りが制限されているし、出入りの際は持ち物チェックを厳重にしているが……」

どこの誰がグルになっているか分からなければ、無駄……か。

侍女が持ち込んで下働きに手渡すことだってできる。持ち物チェックをする人間が仲間かもしれない。

前回の毒苺ムース事件で、何人も殺されたというのに、それでも犯行に協力しようという者たちだ。そうとう肝が据わっているか、強い目的意識があるのだろう。

……目的は殿下を殺すこと。なんで、殿下を殺そうとするのだろう。なんの得があると……。

殿下が亡くなれば王弟殿下が皇太子になるわけだけど、王弟殿下にその意思はない。

その証明として、結婚せず子も設けないと宣言している。だから、全然得しないよね。むしろ結婚するつもりがないのに無理やり誰かとさせられるのはマイナス要因だ。

そうなると、得するのはその次に王位継承権を持つ者？　その支援者？

いるんだろうけど、聞こえてくるほど大きな組織ではないはずだし、殿下だけ亡くなっても、王弟殿下も亡き者にしなければ継承権は回ってこないよね。

さすがに王族の不審死が2人続くなど……クーデターに近い行いじゃない？　後ろ盾が弱い勢力がクーデターなんて起こすかな？

あー！　考えれば考えるほど、殿下の命を狙っている犯人も目的も分からないっ！

殿下の数字が1。私が66。この数字、今は私が殿下の寿命を奪ったみたいに見える。

はぁーと、大きなため息が出たところで、メイが首を傾げた。

「遅延性の毒が入っていると分かっているなら、食べなければいいのではないですか？」

「誰が入れているのか突き止めて毒の混入を防がないとと思っていたけど、確かにそうね」

ぽんっと手を打つ。

「殿下、苦みを感じる食事……夕食に毒が混入されていると分かっているのなら、夕食を食べなければいいんですわ！」

殿下の手を取り、数字をチェック。まだ、1のままだ。

「犯人は、毒の混入に気が付かれたと別の手に出ないか？　たとえば朝食にも毒を入れるとか」

「苦ければ気が付くでしょう？　朝食も食べなければいいのでは？」

数字はまだ1。

「……シャリアーゼは俺を飢え死にさせる気か？」

殿下が恨めしげな顔をした。

「そうですわね。確かに、昼食は学園で食べられるとしても、1日1食ではお腹がすきますわよね？　えーっと、でしたら……夕食は食べたふりをして、毒を食べてると信じさせれば、朝食には手を出されないのでは？」

遅延性の毒なんだし、効果が見えにくいからできる技だ。私の言葉に殿下が頷いた。

「そうだな。毒が入っていることに気が付いたと、犯人に知られない方がいい。知られれば、また実行犯が始末されてしまうかもしれない。黒幕につながる手がかりが手に入るかもしれないからな。夕食は食べたふりを続けよう。その上で犯人探しをするのが現実的だろう」

「あ」

寿命が戻った。

殿下は1から80に。私は66から15に。

ああ、あわよくば、私は66のままにならないかと思ったけど、私も戻った……。ぐぬぅ！

「協力者が必要だな。食べたふりをして処分する食事が犯人に見つからないように……マーカスに頼むか」

マーカスが協力者になったとしても殿下の寿命は80から変化がない。味方のようだ。

だったら……。

「マーカスに直接、公爵家……いえ、婚約者の私から殿下への贈り物だと荷物を届けますわ」

殿下が驚いた顔をしている。

「シャリアーゼが、俺に、贈り物を？」

「ええ、贈り物の名目で、食べ物を差し入れますわ。さすがに夕食を毎日抜いてはお腹がすくでしょう」

ニコリと笑うと、なぜか殿下が悲しそうな顔を見せる。

「あー、贈り物……ってそういう……」

「メイに持たせますわ。メイからマーカスに渡れば、犯人が毒を入れる隙はないはずです。殿下が婚約者からの贈り物は他の者に見せたくないと言えば不自然はないでしょうから」

「ああ、そうだろうな。じゃあ、俺も不自然でないように、贈り物のお礼を贈るよ」

「……えーっと、そういう体で、処分する毒入りの食事を渡されるんですね」

分かってますよって顔をしたら、殿下がすんっとした表情をする。

それから、すぐに気を取り直したようにコホンと咳ばらいを一つした。

「そうだな。できれば、公爵家で毒の特定をお願いしたい」

「ええ、もちろんですわ」

任せてくださいと頷くと、殿下が私の目をまっすぐ見つめる。

「あのさ……お礼なんて言わずに、贈り物をするから。シャリアーゼは何が欲しい？」

私の欲しいもの？

「俺から、何がもらいたい？」

「殿下から……？」

欲しいものは寿命。でも……。

殿下の命と引き換えにしたいとは思わない。

「殿下が……生きていてくだされば……幸せな人生を送ってくだされば十分です」

私の寿命を削ってまで生きてもらって、不幸な人生だったなんて言われたら最悪だ。

「お、俺は、シャリアーゼがいてくれれば幸せだからな！」

殿下が私の顔を真剣に見ている。

「だから……俺の側にいてくれるよな？　結婚して、一緒にこの国を支えてくれるんだよな？」

泣きそうな顔になった殿下。

「殿下が婚約を解消しようと言わない限りは……」

微笑むと、ゆっくりと、殿下に抱きしめられる。

壊れないように優しい抱擁。いつもと違う仕草に、ちょっぴりドキドキしてしまう。

……結婚……実感がない。現状、29歳までしか生きられないのだし……。

私とは婚約を解消して別の人と結婚した方がいい……と。常にそれが頭にあるから。

でも、不思議となぜか、今は少しだけ2人で王宮のバルコニーに立ち、笑顔で国民に手を振っている姿が思い浮かんだ。

傍らには、幼い我が子。

そんな日が来るなんて、思えないのに。来たらいいなって思うのは、どうしてだろう。

アーノルド殿下が急に国を支えるなんて言い出すのは、ジェフのことがあるから？

きっと殿下は側近……後々は宰相になるかもしれないジェフと国を支えていくつもりだったのに。ジェフが側近を辞めるかもしれないということが不安で……？

3の刻の鐘を合図に退室した。

馬車に乗り、城門をくぐろうという時に、城の敷地の木陰で人が動くのが見えた。

……あれは……。馬車を止めさせ、外に出る。

「シャリアーゼお嬢様、どうされました？ 忘れ物ですか？」

後ろからメイの声がかかるけれど、見失わないうちに急いで人影がいた場所へと向かう。

「ジェフっ」

声をかけると、ジェフが振り返った。

「どうしてシャリアーゼ様がここに……」

「ああ、よかった。やっぱりジェフだった。今日は約束の2カ月の休み明けでしょう？ 殿下のところに戻るかどうか悩んで足を運んだのではありませんか？」

辞めるという手紙を受け取ったと殿下は言っていたけれど。ジェフも迷っているのかもしれない。

「いえ、私は……」

「1人では顔を出しにくいのであれば、一緒に行きますわ」

きっと殿下は喜ぶはず。

「殿下は毒を盛られて不安になっていますの。その対策を先ほど……」

え？　私の寿命が戻った。余命66年……。ジェフに殿下が毒を飲まない方法を伝えようとしたとたんに……。

ジェフの顔が見られなくて、肩に伸ばしかけた手……その上に表示される数字を凝視(ぎょうし)して口を開いた。

「毒の入った苺ムース……。アーノルド殿下は毒に慣らされているけれど、毒の種類によっては耐性がないと言っていました。苺ムースにはその耐性がない毒が入れられていた。そして、毒を入れた苺ムースは、苺嫌いな殿下が唯一食べられる品。両方の情報を知っている人間はそう多くはないでしょう」

ジェフの声が静かに耳に届く。

「ええ、そうでしょうね。両陛下ですら毒の種類に関してはご存じでも、苺ムースのことは知らなかったと思います」

じゃあ、誰なら知っていたの？

殿下の側にいていつも一緒に過ごしている人物なら知っていた？

たとえば、側近……とか。

「寮で……信用の置ける者ばかりを集めているはずなのに、殿下の夕食に毒が入れられています……」

視線を上げると、ジェフは薄く微笑んでいた。

私は、ただもう、流れ出した涙を止めることができなかった。

どうして。どうしてなのっ！

「シャリアーゼ様のご想像の通りですよ。私が信用できると言った人物は疑いなく寮に入れることができました」

違うと、否定してほしかった。

「アーノルド様の命を狙ったのは……ジェフ……あなたなの？」

憎まなくちゃいけない人間だ。泣いている場合じゃない。でも、涙が止まらない。

「殿下は……あなたのこと、信じてたのに……」

信じて、頼りにして……それなのに。裏切っていただなんて。

心の中がぐちゃぐちゃだ。

殿下のために毒見していると思ったのに！　疑いを自分からそらすために毒見役をしていたの？

何もかも、嘘だったっていうの？

「なぜ、どうしてっ！」

ひどい。ひどいひどい！

命を狙ったことに対しての言葉じゃない。

殿下を裏切ったことに対してだ。

これを知ったらどれほど殿下が傷つくか……。

もし、私がメイに裏切られたらと考えたら、胸がつぶれそうだ。人間不信になって、誰も信じられなくなってそれから……。

死にたいって思うよ。

「ねぇ、答えてよジェフ、どうして殿下を裏切るようなことを……！」

ジェフは泣きそうな顔をして、小さくつぶやいた。

「妹の……ためだ」

妹の？

ジェフには妹がいるの？

「妹のためってなに？　誘拐（ゆうかい）されて脅（おど）されてるの？　妹を助けたければ協力しろとか？　だったら、助けるよ。……妹を助ける手助けをするよっ。そして、ジェフを自由にしてあげる！

ねぇ、だからジェフ……」

馬鹿なことを言っていると思う。

だって、すでに殿下の命を狙ったのだ。どう考えてもその罪はなかったことにならない。できない。

「……シャリアーゼ様……私は今、自由を手に入れました。バレてしまったからには……続けられません。もう……苦しまなくていい……」

何を言っているの？

自由って？　苦しまなくていいってどういうこと？

「ありがとう」

ジェフは満面の笑みを浮かべると、背を向けて城の外へと出ていってしまった。

「ジェ、ジェフ？」

驚いて動きが止まる。がくがくと足が震える。

どうして私にお礼の言葉を？

「シャリアーゼ様っ！」

私を追ってきたメイの言葉にハッとする。

ぼんやりしている場合じゃなかった。

「メイ、護衛を呼んでちょうだいっ！」

「何があったのですか？」

「ジェフを……捕まえ……て」

そこで意識が途切れた。

「シャリアーゼ様っ！」

メイの声が遠くに聞こえた。


悲しみで胸が張り裂けそうだ。

ジェフは、殿下にとっても私にとってもメイのような存在。

メイは私の家族の次……お父様の次に大切な人だ。姉のような存在。

そんな人が裏切り者だと知ったら。

……いいえ。もう殿下の耳には届いているでしょう。あれから3日が経っている。

ジェフは逃げて、捕まっていないらしい。殿下は大丈夫だろうか。

命の危険は去っていると思う。私の余命は15年に戻っているから。

「シャリアーゼ様、悩んでいるよりも行動を起こした方が早いですよ！」

「メイ？」

「殿下に会いたいんでしょう？　その一方でジェフのことを聞いてショックを受けてる殿下に、どんな言葉をかけていいか分からないと、会うのをためらっているんでしょう？　もう3日経ちましたよ」

ぅう。メイにはすべてお見通しだ。

殿下を励ましたいという気持ちはある。だけど、どんなに言葉を尽くしても慰められる気がしない。

「シャリアーゼお嬢様もショックを受けているんでしょう？　正直な話、私もかなりショックです。よきライバルだと思っていたジェフさんが……」

メイの言葉にほんの少し気持ちが浮上する。

そうだね。ライバルとして認めていた人がまさか……って、ショックだよね。

もしかしたらメイは、私とは違った苦しみも感じていたのかもしれない。

私は、もしメイがジェフのように裏切ったらと考えて苦しかった。でもメイは、ジェフのように家族のために私を裏切らなければならない状況になったら、どうしようかと考えたのかもしれない。私が殿下の気持ちを想像して涙したように、メイはジェフの気持ちを考えて涙したのかも。

「ありがとう、メイ」

「会ったら、傷をなめ合えばいいんですよ。まぁだいたいのことはそれで少し楽になります。励ましの言葉よりも、慰め、慰めの言葉よりも、共感、共感の言葉よりも傷のなめ合いで救われることもあります！」

えっへんとメイが自慢げに宣言する。

「え？　傷のなめ合いって、不毛じゃない？」

メイが私にペンと紙を押し付けると、腰に手を当てた。

「その先のことなんて、傷が治ってから考えればいいんです。傷ついている時はまずは癒さないと！　病人も怪我人も、治るまで休みますよね？　心の傷だって同じです。さぁ、考えても仕方ないことを考えるのはやめて、殿下に会う約束を取り付ける手紙を書いてください！」

ありがとう、メイ……。

殿下は学園を休んでいたので、すぐに面会が叶った。

「シャリアーゼ、いらっしゃい」

いつものように王宮の一室に案内されると、部屋の中で殿下が待っていた。

ドアまで私をエスコートするために来る。

思っていたような落ち込んだ様子はなく、笑顔で迎えられる。

殿下に手を取ってもらいソファへと着席する。

寿命に変わりはないことに、まずほっと息を吐き出す。

どう話を切り出していいのか分からずに言葉に詰まる。

殿下は始終笑顔を浮かべている。だけれど、その笑顔が作り物だというのはすぐに分かる。

いつもそんな表情をしていないのに、今日に限って笑顔だというのが理由の一つ。

そして、いくら笑顔を浮かべていても見るからにやつれている。精彩を欠いているのだ。笑っているような心持ちになれないのなど、明らかだ。

部屋の中には、壁際に護衛とメイと侍女が控えている。マーカスの姿はない。

しばらく沈黙が続いたあと、殿下がおどけた調子で口を開いた。

「まさか、ジェフが犯人だったなんてな……全然気が付かなかった」

笑って話をしているつもりなのだろう。

でも、殿下。泣いてます。

笑い顔を作ろうと必死になっている殿下の両目から、涙が落ちている。

「アーノルド様っ」

手を伸ばして殿下を抱きしめる。

ぎゅっと力を込めて抱きしめると、殿下が私の肩に顔をうずめた。声を殺した嗚咽(おえつ)が耳に届く。

ジェフはまだ捕まっていないと聞いている。

きっと殿下は私と同じことをジェフに尋ねたいはずだ。その時ジェフがどう答えるかは分からない。もしかしたら、私に答えた言葉とは違うことを……本当のことを言わないかもしれない。もちろん、私に言った言葉が本当のことかどうかなんて分からないけれど、でも。

本当かどうかは分からないけれど、「私がジェフから聞いた」ということだけは事実だ。

「なぜと……ジェフに私は尋ねたんです。どうして殿下を……と」

殿下の体が固くなる。

ジェフが何を言ったのか聞くのが怖いのかもしれない。

憎かったんだと言われたら……。

メイがもし私に対してそう言ったらと想像して心が苦しくなる。きっと、殿下は私の言葉を聞くのが怖いだろう。

それでも、聞かないという選択肢もないのだ。どうして。なぜ……と。きっと繰り返し繰り返し頭の中で聞く。答えがないのに、答えを求めて……。

「一言……妹のためと、ジェフは言っていました」

殿下が再びびくりと動く。

私から体を離して、悲しそうな顔を見せる。涙は……止まったようだ。

「ジェフに妹は、いない」

え？　ジェフは嘘をついたっていうの？　あの場面で？

すぐバレるような嘘を？

「15年ほど前、俺が生まれたあと……ジェフが学園を卒業してすぐのころに、亡くなったと聞いている」

妹はいたんだ。ただ、亡くなっている。……15年ほど前に亡くなった妹のために殿下の命を狙った？

「あー、妹、いたんですのね。でも亡くなっている。でしたら、妹の命が惜しかったらと脅されていたわけではなさそうですわね。とすると……、もしかしたら亡くなった妹さんの名誉を守るためとか？　ほら、実は死ぬ前に罪を犯していて、それがバレたら墓から掘り出されて子爵家名簿から除名されちゃうといった……？」

殿下がびっくりした顔をしている。え？　何も変なこと言ってないよね？

「あ、もしかして、ジェフは真面目だから、たとえ家族でも、昔のことでも、罪を犯したなら償うべきだっていうタイプでしょうか？　でしたらこの説は消えますわね。……えーっと、あ、そうだ！　妹の夢を叶えるためとか、妹の死の間際の最期の願いを叶えるためとか？」

殿下の眉根が寄る。

「ジェフの妹の夢は、俺を殺すことなのか？」

「あ！」

そんな夢を持つ妹なんて想像もできない。

じゃあなんだろう。

「あ、大好きなお兄ちゃんが、殿下の側近になって取られちゃうと思って、殿下なんて生まれてこなければよかったのに！　とか？」

はぁーっと、殿下が大きなため息をついた。

「そのころは俺の側近になるなんて話は出てなかったと思うぞ。お兄ちゃんを取られちゃうってことなら、叔父上にだろう」

「確かにそうですわね。では、どうして妹さんは、殿下を殺したいなんて夢を持ったのでしょう？」

殿下がぷっと笑った。

「どうあってもシャリアーゼは、ジェフの妹が俺を殺したがっていたことにしたいんだな。ははは、ははは」

ぽんっと手を打つ。

「もしかして、夢を見たのかもしれません！　成長した殿下が国を亡ぼす未来を。それで、生かしておいては駄目なんですみたいな」

人の寿命がなぜか見える私だ。不思議な力について調べたことがある。時々本当に、未来視ができるとか不思議な力がある人がいるらしい。

「未来……俺が国を亡ぼす？」

殿下がふっと遠くを見た。

「なるほど……そうか……ジェフは、俺が嫌いだからとか、憎かったからとか、そういう個人的な感情で動いていたわけじゃないんだな……妹の……ため……か」

あれ？　未来視の話で納得しちゃった？

「それどころか、殿下のことを殺したくなかったんだと思います」

「慰めならいいよ」

「いえ、ジェフは言ったんですよ？　ありがとうって。バレたから自由になれる、苦しまなくてもいい、ありがとうって私に言ったんですよ？」

殿下のことを殺さないといけないという思いと、殺したくないという思いで苦しんでいたってことだよね。

「え？　自由にって、何から？　妹からってことか？」

あれ？　そういえば、そうだ。何から自由になったんだろう。

「生きていかなくてはいけないという呪縛からだろうか」

殿下の言葉に息を飲む。

妹の思いを叶えるまで死ぬわけにはいかないと思っていたけれど、バレてしまったらもうこれ以上頑張らなくてもいいって思ったってこと？

「そんな、じゃあ、ジェフは……」

もう、自ら命を絶って……。

そんな……。そんなも何も、仮にも皇太子殺人未遂の主犯格なら捕まれば死刑は免れないのだから。自分の意思で命を絶てる自由がある方が幸せなのかもしれないけど……。

「まぁ、とにかくだ。そういうことだったんだな。ジェフが俺に毒を盛らなかったのは。自分に疑いがかからないようにしているんだろうと思ったが……自分で手を下したくないと思うくらいには、俺はジェフに好かれていたんだ」

「あー！　そうですよね！　まだ全然解決してないじゃないですか！　殿下に学園の寮で毒を盛ったのがジェフじゃないなら、犯人はジェフとは別にいるってことですよね？」

殿下の手を取る。

寿命、オッケー。大丈夫。

「ああ、それなら……マーカスだ。おーい、マーカス入ってこい！」

「え？　マーカスが？」

「も、申し訳ありませんでしたっ！」

控えの間から頭を丸めたマーカスが出てきた。殿下の前に来ると、すぐに土下座。

「もう、それいいよ、マーカス。もう10回は見た。飽きた」

殿下の言葉にマーカスが顔を上げて私を見た。

「マーカスは牢屋に入るようなことをしたの？　……殿下に毒を盛ったというのが本当なら、牢屋で10年は覚悟しないと駄目よね？」

生きてたからよかったものの、死んでたら死刑。

「自害した侍女に騙されていたんだよ。毒見が済んだ料理に、これを入れるようにって」

殿下がポケットから小瓶を取り出した。

「王族は、幼いころから少しずつ毒を摂取して毒に慣れさせるから、これを入れるようにって。ジェフからの申し送りだって言われて信じちゃったらしい。単純だよね」

マーカスがあははと、ばつが悪そうに頭をかいた。

「いや、だって、確認のために、毒に耐性はありますかって殿下に尋ねたら、種類は言えないけど耐性のある毒は結構あるって言うから。それに、ジェフは毒の種類も知ってるって言うからさ。そっか、側近の仕事なんだって、納得しちゃったというか……」

そりゃ、信じちゃうかも。

って、いくら騙されたとはいえ、頭を丸める程度で許しちゃまずいのでは？

私の思っていることが殿下に伝わったのか、殿下がふっと口を開いた。

「牢屋に入られると俺が困るからね」

先ほど泣いた涙の跡がまだ残る殿下は、それでも痛々しいほどの作り笑いはしなくなった。

ジェフが妹のためという具体的には分からない理由で、犯行に及んだと知ったからだろう。

憎まれて、嫌われていたわけではなく、のっぴきならない何らかの理由があった。想像の域は出ないけれど、そう思うことで心が少し救われたのだろう。

ふっと笑うと、マーカスを見る。

「他に側近を頼めそうな人も今はいないし……」

そうか。確かに。信じていたジェフが裏切ったのだ。安易に他の人を側近にしたとして簡単には信じられないはず。

少しでも信じられそうな人間を探すのは大変なことだ。マーカスくらい単純で裏がなさそうな方が安心できるのかもしれない。

「ねぇ、２人はうまくやれそうね？」

「俺たちもうまくいってるし、よかったな」

殿下が私の肩を引き寄せる。

え？　あれ？　私と殿下って、うまくいってるんだっけ？

余命は殿下は80。私は15。殿下と婚約したことで余命が減ったのに、この状態はうまくいってると言っていいものか？

ちょっと賛成しかねるんですけどね！

「シャリアーゼ？」

殿下の瞳が不安げに揺れる。

おっと。ジェフに裏切られたばかりの殿下を突き放すような態度を取るほど鬼畜じゃないよ。

「殿下、今、うまくいっているかどうかよりも、大切なのはうまくいくようにお互いに努力を続けていくことでしょう」

殿下が瞼を閉じ、頷いてから目を開いた。

「努力するから……シャリアーゼ、ずっと一緒にいよう」

ずっと一緒。そうね、今ならあと15年……。

私が死んだら殿下は悲しむだろうか。……何度も信じている人がいなくなるのは辛いことだろうな。このまま私の寿命が戻らなければ、殿下とは距離を取った方がいいんだろう。

私とは政略結婚。

殿下が小説のように「真実の愛」を見つけることができれば、私がいなくなっても殿下を支えてくれるはずだ。

できれば殿下のように長生きする人。小説だと、学園で出会うんだよね。

「殿下、学園生活で、その、親しい女生徒はいませんの？」

「は？　もしかしてシャリアーゼ、嫉妬か？」

違う。

「俺が他の女にうつつを抜かすわけないだろう」

ドヤ顔されたけど、真実の愛に目覚めそうにないことにがっかりだ。

ん？　がっかり？　胸を押さえる。がっかりというよりちょっとほっとしてる？

えーっと。そうよね。知らない間に愛をはぐくまれるよりも、知ってた方がいいものね。ほ、ほら。相手がちゃんと殿下を任せられる女性なのか見極めたいし？

おし、ハニートラップ系とか、単に皇太子妃の地位に目がくらんだだけの女だったりとかで、再び殿下が傷つけられるようなことになったら困るし。

困る……よね？　だってすさんだ心の王様が治める国じゃ、先行きが不安になっちゃうし？

「殿下、私は嫉妬したりいたしませんので」

殿下がショックを受ける。

「どうぞ女生徒にも目を向けてくださいませ」

「な、なぜだっ！　側室を持てと言うのか！」

はい。そうですけど。何か問題でも？

真実の愛に目覚めたら、私との婚約を解消して結婚してくれてもいいし、私と結婚して側室として迎え、私が死んだあとに正妃にしてもいいし。

「将来、子供たちの乳母や教育係や世話係……信用できる者を作っていく必要がありますでしょう？」

「こ、こ、子供、シャリアーゼと俺の……」

殿下が顔を赤くする。

「そ、そうだな。そうだ、シャリアーゼは、そんな先のこともちゃんと考えているんだな」

そんな先か。

私が死んだ先のことを考えれば、後継者争いでもめるのも嫌だし、子供も幼いころに母親を亡くしてはかわいそうだ。殿下には早く真実の愛を見つけてほしい。そして、私が、真実の愛のお相手との子供の乳母や教育係になってもいい。

そうしたらどう寿命に影響するか分からないけれど。

「ちゃんと、シャリアーゼは俺とずっといることを考えてくれてる……子供の教育係のことまで……」

本当のことは言えない。女性に目を向けることで真実の愛を見つけてほしいとは。

政略結婚するより幸せになれるよ。ただ、私は……婚約者として口出しさせてもらうから。

いくら真実の愛だからって、早死にする人は許さないし、殿下を利用しようとしてるだけの人も許さない。

……この翌日に、少し心を落ち着けた殿下は学園へと戻っていった。

あとは、時が心を癒してくれればいい。

3章　特別な少女

時は流れ15歳になった。そしてあっという間に、学園への入学式がやってきた。

学園は全寮制だ。ただし、寮とは名ばかりの専用寮が上位貴族にはある。使用人も連れてこられる。

殿下はすでに王族専用寮に入っている。私はその隣に立つ専用寮だ。

「では、シャリアーゼ様後ほど」

侍女のメイが馬車を下りると、今日から生活する公爵専用寮に向かって歩いていく。

そして、私の前には、殿下の姿があった。

にこやかに笑って、エスコートするために手を差し出している。

「シャリアーゼ、俺と一緒に学園へ通えるんだ、嬉しいか？」

ジェフが黒幕だと分かってから、殿下は会うたびに私に聞くようになった。

「俺と会えて嬉しいか？」

「俺とお茶が飲めてよかったか？」

「俺と花を眺(なが)められて幸せか？」

しつこいぐらいに。

「殿下と会えて（寿命チェックができて）嬉しいです」

「殿下と（死なずに生きて）お茶が飲めてよかったです」

「殿下と（これ以上寿命が短くならずに）花を眺められて幸せです」

と、素直に返事を続けている。

きっと、信じていたジェフに裏切られて不安なのだろう。

婚約者の私の気持ちを確認したいだけなんだと思う。

私がただの政略結婚で「こいつでいい」と選んだ相手だとしても。これ以上裏切られたくないと、思っているんだと思う。

「もちろん、嬉しいですわ（毎日殿下の寿命チェックができるし）」

「本当か？」

「ええ、本当です（寿命に変化があればいち早く対策を練られるし）」

「……その、学年が違って授業は一緒になることはほとんどないが……毎日会えるか？」

毎日会えるかですって？　殿下の言葉に焦って一段高い声が出る。

「私は殿下と毎日会うつもりでしたが、殿下は毎日会ってくださらないのでしょうか？」

盲点(もうてん)だ。

確かに、同じ学園に通うとはいえ、寮は別だ。いくらすぐ隣だといえ、別の独立した寮だ。

しかも、殿下は2年で、私は1年。会おうと思わなければ、接点がない！

同じ学園に通うし、すぐ近くにいるし……いつでも会えるなんて考えていたら、いつまでも会えないになっちゃう可能性だってあるんだ。

危ない。積極的に会う機会を作らなければ。寿命チェック大事。

もちろん、殿下の寿命チェックも大切だけど、接点を持つことで「私の寿命に変化」も確認しなくては。殿下とのやり取りで時々寿命が戻ったり減ったりしているのだから。

「も、もちろん殿下は生徒会の仕事もございますし、忙しいのは承知しております。ですが、あの、こ、婚約者なのですから、えっと……その……」

迷惑かな。さすがに毎日会いたいなんていうのは。

せめて週に三度……いや、週に一度でも。初めは月に一度のお茶会だった。殿下の寮生活が始まってからは2～3カ月に一度のお茶会になったわけだし。週に一度でも十分会う回数が増える。

「シャリアーゼが会いたいと言ってくれるなら、いくらでも会う時間を作るよ。そうだ、毎日昼食を一緒にとろう。生徒会の仕事をしながらの日もあるが、生徒会室に来てもらうことはできるだろうか？」

昼食！　その手があったか。授業がある日は、学園の食堂で昼食をとるんだ。学年が違っても食堂で一緒に食事はできる。でも、生徒会室に行くのはさすがに気が引ける。仕事をしている人たちの横で殿下と優雅に食事なんてとんでもないよ。肩身が狭いよ絶対。

週に2～3回昼食時に寿命チェックができるなら十分かな？

と、考えていると、殿下がにこやかに笑って言葉を続けた。

「学園が休みの日は、一緒に夕食をとろう」

ん？

「えーっと、授業がある日は昼食を一緒に……授業がない日は夕食を一緒に？」

それって。

「毎日会う……ということですか？」

本当の、本当に毎日？　会おうと思わないと会わないような環境で、毎日会うってこと？

一緒に暮らすお父様とだって、仕事が忙しい時には会えないこともあるのに？

侍女のメイだって、休みの日には会わないというのに？

「シャリアーゼは、俺と毎日会いたいんだろう？」

……さすがに、本当に毎日じゃなくていい。週に2～3日でも、なんなら週に1日で十分っ！

なんて、今さら言えようか。ニコニコ笑う殿下。ドヤ顔しながら笑う殿下。

言えない。今さら、別に毎日じゃなくてもいいですよなんて。

えへっと愛想笑いしながら視線をそらした。

「毎日会えて嬉しいだろ？」

視線をそらした先から殿下が私の顔を覗き込む。

「嬉しくないのか？」

うーん。正直な気持ちを言おう。

腐(くさ)っても殿下なんだよ。学園がある日は、制服で学園内をうろつくから問題ないけどね。

休みの日は制服ってわけにはいかない。……王族と夕食をとる、それだけで、準備が大変なんだよっ！　ドレス着るのがどれだけ大変なのか！

男の人はいいよね、制服と正装、ちょっと布地(ぬのじ)がよくなって、飾りが増えるくらいで大きな違いはないからさ。

毎週末殿下と夕食なんて、めんどくさっ！　毎日は遠慮したい。遠慮、したい！

「さ、さすがに毎週末ご一緒は無理……ですわ……」

本音が漏れた。

「ああ、そうだな。俺も城に行かなければならないし、シャリアーゼも家に行くか……」

ほっと、息を吐き出す。

「ええ、そうですわ。使用人たちにも休みが必要ですし」

殿下が頷いた。やった。納得してもらえた。この勢いで言わなくちゃ。

「そ、それから、生徒会の仕事がある日の昼食も、その……殿下の仕事の邪魔もしたくありませんが、クラスメイトとの親睦を深めるためにも別の方ととろうと思いますの」

殿下がぎっと私を睨（にら）んだ。

「別の男とじゃないよな……」

私を睨みながら何かをつぶやいているけれど、聞こえない。

睨まれた理由が分からないけれど……何か気に障（さわ）ること言った？

「わ、私も学園在学中に信頼できる人を見つけなければなりませんので……。そうですね……できれば伯爵以上の聡明なご令嬢……」

自分の手を見ると、寿命は14年だ。

殿下が真実の愛を見つけてくれればいいし、そうでなくても……。側室、私が亡くなったあとの妃（きさき）は必要だろう。私が側室候補を選ぶのはおかしな話かもしれないけれど、できれば仲良くできそうな相手がいい。そして、長生きして殿下を裏切らない令嬢。

「そうか。うん、そうだな。王妃付きの侍女となれば、それなりの身分が必要だったな。学園で気の合う令嬢を見つけるのも大切だな」

ん？　王妃付きの侍女？　そういえば、そうか。

メイには本人が嫌じゃなきゃずっと私の侍女を続けてもらおうと思ってたけれど、王宮に上がることになれば侍女の数も増やさないといけないのか。

……王妃付きともなれば貴族令嬢は当たり前だものね。側室ならば伯爵以上の方が問題が少ないだろうけれど、侍女となれば、子爵令嬢でも男爵令嬢でも、貴族令嬢としての基礎的な教育を受けていれば問題ない。侍女として働いてもらうなら、やっぱり仲良くできそうな子がいいわよね……。多くの生徒との交流は大切だと改めて思う。

「分かった。生徒会の仕事で昼食が一緒にとれない日が続くようなら週末は一緒に過ごそう。夕食だけじゃなくて、1日ゆっくりと一緒に過ごそう」

ん？　んん？

会う時間増えてませんか？　ねぇ、ちょっと！　1日一緒とか、やめて。腐っても殿下。15歳で成人した私、ドレス着用時にはコルセット必須。子供はなしでもいいけど、成人女性はコルセット必須なんですけど！　1日コルセットで過ごしたくないってば！

……とはいえ。

殿下も、誰が敵か、誰が味方か分からない中で大変なんだろう。少なくとも、毒苺ムース事件で殿下を助け、遅延性の毒からも殿下を助けた私は敵ではないと信じてくれているんだろう。

私は殿下にとって、数少ない信じられる人間。

殿下も、周りの安心できる人間とともに気を緩めて過ごしたいと思っているのかと思うと、無下（むげ）にもできない。

でも、信用できる人間を増やしてもらうことも大事だし……そ、そうだ！

「殿下、せっかくですし、他の学生たちと交流いたしませんこと？」

「は？　シャリアーゼは俺と2人っきりじゃない方がいいってことか？」

……私と2人きり？　それって、安心できる相手が私だけでいいってこと？

駄目だよ。私しか信用できないなんて、私が死んだあとどうするつもりなのか。

「ほ、ほら、他の方は寮で共同生活をして仲を深めていくでしょう？　私たちは専用寮を使っており、そのような機会が失われてしまっていますもの。殿下もおっしゃった通り、私と殿下では学年が違い同じ学園に通っていても接点が少ないでしょう。ということは、学年が違う他の生徒との接点も少ないということですわよね？」

殿下がちょっと考える。

「多くの方と交流することは、国を治める立場になった時に必要なのではありませんか？

……学園に通っている……多少の失態をしたとしても許される場でしか得られない人間関係も

あるのではありませんか？」

学園ではよほどのことがない限り「不敬」にはならない。15歳で成人したとはいえ学園は「学ぶ場」だからだ。

これが舞踏会、夜会、お茶会などの場になると、同じ行動をしても許されないことが出てくる。言葉遣い一つ、仕草一つとっても厳しい。そんな中では人の本質は見えにくくなる。だから、学園で身分を気にせず……まぁ、ある程度気にしなければならないけれど、社交界ほど厳密に気にしなくてもいい中で交流するのも大切だ。

側室候補を見つけるのにはね。交流大事！　交流、大事よ！

「なるほど……そうだな。確かに……。皇太子として必要なことだな……。シャリアーゼは皇太子妃のように、すでに俺のことを考えて支えてくれてるんだな……」

違う、そうじゃない。寿命が戻るなら婚約もやめるつもりだよ？　支えてなんてないし、側室を探すのが皇太子妃の役割だとすれば、これから頑張るけども。

なんだか後ろめたくなって視線を泳がす。

「シャリアーゼ……俺は」

殿下が私の手をぎゅっと握りしめて、何かを言おうとしたところで小さな悲鳴が聞こえた。

「きゃっ！」

かわいらしい女性の声だ。

声の方へと振り返ると、ピンクの柔らかそうなふわふわの髪の女生徒が何かに躓いて膝をついている。手に持っていたのであろう鞄が飛び、中身がばらばらと飛び散った。

その1つ。何に使うのか、なんのために入れてあったのかさっぱり分からない丸いものがコロコロと転がって、殿下の足元近くに来た。

女生徒は、慌てて鞄を拾い、散らばったものを集めて鞄の中に入れていく。

殿下の足元近くに転がってきたオレンジくらいの大きさのものを拾うと、女生徒がこちらに視線を向けた。

「はい、どうぞ」

視線が合ったと思ったので、拾ったものを差し出す。

「あ、ありがとうございます、殿下っ！」

女生徒は、私の手から丸いものを受け取ると、殿下に頭を下げた。

ちょっと、待って？　拾ったのは私なのに、なぜ殿下にお礼を言う？

いや、待てよ。殿下がお付きの者に命じて拾わせたとでも思った？

まぁ、そういうこともある。うん、だから、いい。それはいい。それは、いいけど……。

今、見えたこの子の寿命……。

「ねぇ、あなた」

さりげなく女性の肩に手を置く。びくりと肩が揺れ、女生徒が私の顔をすごい目つきで見た。

とてもかわいい顔をしているのに、目つきが怖い。睨まれてる？　なんで？

勝手に体に触れられるのが嫌いな人もいる。もしかしたら過去のトラウマか何かあったかな。

「アーノルド殿下、こちらにいらしたのですかっ！」

慌てて肩に置いた手を退（の）ける。

「ごめん、シャリアーゼ。またあとで」

殿下が誰かに呼ばれて去っていった。

残されたのは、私とピンク頭の生徒。

「シャ、シャリアーゼ？　まさか……」

「あなた……いったい……」

驚愕（きょうがく）している私の前で、ピンク頭の女生徒もわなわなと驚きに震えている。

なんで、なんで。見間違えかと思ったけれど、そうじゃなかった。もう一度触れて、今度は
しっかりと寿命を見た。

その数字……。

「「なんで、生きてるの！」」

私と女生徒の言葉が重なった。

え？　いや、どうしてこの子は私がなんで生きてるなんて言うの？

そう言いたいのは私よね？　だって、寿命……マイナスよ？　マイナス15って出てたの。

つまり、15年前に死んでるってことでしょう？　15年前といえば、年齢的にいえば生まれてすぐ。死産だった？　でも、死なずに生き延びた？

運よく生き延びたとしても、寿命がマイナス表記なんて初めて見た。

一度心臓が止まって、息を吹き返す人がいるというのは聞いたことがあるけれど……。そういう人はマイナスで表示されるのだろうか？　他にマイナス表示は見たことがないから分からない。

「なんでシャリアーゼが生きてるのよ！　13歳で当時の宰相だった父親とともに殺されるはずでしょ？」

私が13歳で殺される？

13歳というのは、私が殿下との婚約を断った時に余命が3年に縮んでしまった、その3年後の話？　婚約を受けることで、その未来は回避できたけれど……。

お父様と私、2人とも寿命が3年になってしまったのは、誰かに一緒に殺される未来があったってこと？

「私と殿下の出会いを邪魔するなんてと思ったら……どうしてシャリアーゼが……。殿下はシャリアーゼのこと、これじゃあ……」

何かまだブツブツとつぶやく女生徒に確かめないといけない。

「なぜ、私がお父様と一緒に殺されると知っていたの？」

実際に殺されたわけでも、殺されそうになったわけでもないのに、つい何かあったかのような尋ね方になってしまった。

「私が、特別だからよ」

特別？　寿命がマイナスでも生きているから普通ではないのね。

「あなたが犯人ではないわよね？」

口にしてから、馬鹿なことを聞いたと思った。

もし、犯行を企てたものの、失敗に終わったというのであれば、私が生きていることに驚くはずはない。

だとすると、誰かが犯行を企てているのを偶然聞いてしまったということだろうか。

でも、犯行を知りながら止めもしなかった？

いや、止められる立場じゃなかったとか？　それとも半信半疑だった？

半信半疑なら私が生きているのを見て驚くのはおかしいか。むしろ「ああ、生きてたんだよかった」って思いそうだし。

「失礼ね！　私を犯人呼ばわりするなんて。逆よ。私はあなたを殺した犯人を殿下に教えて感謝されるはずだったのよっ！」

犯人を教える？

やっぱり犯行の計画を見聞きしてしまっていたということ？　その犯行が成功したかどうかは分からないままだった？　殿下に感謝されるために今まで黙っていた？

全然分からないわ。っていうか、そもそも、誰が私とお父様を殺そうとしていたの？

「私を殺そうとしていた人を知っているの？」

まさかジェフが、殿下の命を狙う前に宰相である父と私の命を狙っていたなんてことはないわよね？　だとすると別の人間？

今も計画を練っているのだとしたら気を付けないと。私の寿命が短くなったのはそのせい？

まだ計画は続いている？

「婚約者よ」

「誰の？」

「殿下の婚約者。誰かは分かるでしょ？」

えっと……。それ、私ですけど？

私が、私を殺そうとした？

なわけ、あるかーーーーい！

死にたくない、死にたくない、長生きしたい、寿命を延ばしたい！　と、常に運命に抗っている私が、死のうとする計画を立ててるわけないじゃないの！

まさか、もう今年死んじゃうんだと、いつ死ぬのか分からない恐怖心で精神を病んで、1人で死ぬくらいならお父様と一緒に……と、思いつめて自殺でもしたというの？

……ない。お父様だけでも助けたいと思うはず。じゃあ、逆にお父様は？

もし、私がうっかり「もうすぐ死ぬの」と漏らしてしまったら。

私を溺愛しているお父様。最愛のお母様を失い、娘の私まで失ったら生きていられないと……。だったら1人で逝かせないよと一緒に命を絶つ選択をしたとか……？

一番それがあり得そうだけど。ううん。私は諦めたりしないって。もうすぐ死ぬのなんてお父様に泣き言を言う前になんとかしようと抗うよ……たぶん。

「信じられないって顔してますね。でも、本当よ。間違いないわ」

自信満々な女生徒の様子。

「えーっと……何を知っていると言うの？」

私以上に私のことを知ってるとでも？　そんなはずはないわよね。

「だって、私は」

女生徒が口を開きかけたところで、声がかかった。

「シャリアーゼ様ご機嫌よう」

女生徒の背後から侯爵令嬢マリアンヌがやってきた。

「マッ、マリアンヌッ」

女生徒がひゅっと息を飲んだ。

「あら？　こちらはどなたかしら？　シャリアーゼ様」

マリアンヌの名前をご存じだけれど、マリアンヌもピンク頭の令嬢の名前を知らないのか。

「ごめんなさい。分からないのよ。そこで転んで散らした荷物を拾っただけで……」

まさか、マイナス寿命を見て驚いて声をかけてしまったとか、この子が私が生きていることに驚いていたからその理由を尋ねていたとか……言えない。

「まぁ！　シャリアーゼ様はなんて親切なの。それに引き換え、こちらの……名乗りもしないなんて、失礼よ。どこの家の娘？　見たことがないから高位貴族ではないのでしょう？　名乗りなさい」

マリアンヌが、責め立てるようにピンク頭の子に言うと、ピンク頭の子はひるみもせず、ニヤリと笑った。あれ、見間違い？　ニヤリじゃないか。ニコリか。……一瞬ニヤリと笑ったように見えたのは気のせい……だよね？

かわいらしい顔に笑顔を浮かべた。花が咲くような笑顔だ。

「し、失礼いたしました。あの、私、とっても緊張してしまって。緊張のあまり、何もないところで躓いてしまうし、荷物も落としてしまうし、拾っていただいた方が、まさかの皇太子殿下で、さらに緊張してしまって」

いや、拾ったの私よ、私。

命じられて拾ったわけじゃなくて、普通に私が拾って手渡しましたけど？

「そ、それでいろいろいっぱいいっぱいで。発言の許可も取らなければならないとか、いろいろ忘れてしまって。あの、あの、ファストル男爵家の、ミミリアって言います。あ、えっと、お辞儀、するんですよね」

わたわたと騒がしく手足をばたつかせて下手くそなカーテシーをミミリアはしてみせた。

「まぁ、みっともない。ファストル男爵なんて聞いたこともないわ。領地もない名誉だけの男爵家？　よくもまぁ、恥ずかしげもなく私たちに話しかけることができるわね」

マリアンヌがふっとミミリアを鼻で笑った。

「私は侯爵令嬢のマリアンヌよ。そして、シャリアーゼ様は恐れ多くも公爵令嬢。あなたのような者がおいそれと話しかけられるような方じゃないのよ？」

いえ、あのね、マリアンヌが私のためを思って言ってくれてるのは分からなくもないけれど。

「マリアンヌ様、学園では社交界でのマナーは適用されませんわ。それほど厳しく言うことはありません。ミミリアさんも、学園でこれからいろいろと学んでいく身ですし」

ぽんっとマリアンヌが手を打った。

「そうですわね。私たちのように家庭教師について幼いころからしっかり教育を受けているのではない下位貴族に、目くじらを立てても仕方ありませんわね。ほーほほほっ」

なかなかの嫌味を含んでの蔑むような言葉に、ミミリアは傷ついているのではと思うと、相変わらずニヤニヤ……いえ、ニコニコよね？　している。

「はい。どうか、不出来なので、ご指導ご鞭撻のほどをよろしくお願いいたしまぁす」

ぺこりとミミリアが頭を下げる。

「ええ。こちらこそ、いろいろとお話ししたいですわ」

自分を特別だと言う理由も知りたい。

どうして私が死んでいたかもしれないと思ったのかも知りたい。そして、マイナス15年という寿命の謎も……。

「まぁ、シャリアーゼ様は。お優しすぎます。示しがつきませんわ。って、あなたいつまでここにいるつもり？　さっさと自分にふさわしい場所に移動しなさいよっ！」

マリアンヌがしっしと野良犬を追うような仕草でミミリアを追い払った。

ちょっと、マリアンヌ。そんな態度をして、本当にミミリアともう話ができなくなったらどうするの。私はいろいろとまだ話したいことが……。

ミミリアは小走りに立ち去ってしまった。何度かこちらを振り返りながら。

……不出来か。確かに、貴族の令嬢はそんなにスカートをはためかせて走るものではありませんよ？

「マリアンヌ様、学園生活で私は必要なご令嬢を探そうと思っておりますの」

とりあえず、まずはマリアンヌをなんとかしなければ。

私がミミリアといるたびに追い払われてはたまったものではない。

いや、それ以外の令嬢と話をしている時もそうだ。

侯爵令嬢のマリアンヌは、話していて楽しい子だけれど、時々選民意識が強すぎてぎょっとすることがある。

侯爵令嬢である自分は、王家、公爵家に次ぐ高貴な身分であると。

伯爵家の者とは必要以上に親しくする気はないようだし、子爵家や男爵家ともなると会話すらしようとしない。身分の上下には非常に厳しい。

……まぁ、私はマリアンヌが尽くすべき相手に認定されているから、いろいろと私のためにと働いてくれようとしているんだけれど。時々行きすぎだと感じる。

マリアンヌには婚約者もいない。自分にふさわしい相手をふるいにかけるあまり……誰も残らないなんて本末転倒じゃないかしらね？　……生涯独身を貫く気なのか。

それとも、後妻としてでも公爵や侯爵の妻の座を狙い続けるつもりなのかな？

あ、もしかすると隣国に嫁ぐために探している可能性もあるわよね？

マリアンヌは侯爵令嬢としてマナーはしっかりと身についている。所作は洗練されて見本のように美しい。

皇太子妃教育を受けている私と遜色がないくらい外国語も話せる。それに、吊り上がった目は笑っていないと怒っているように見えるから嫌いだと本人は言うけれど、すっきりとした目元にふっくらした唇。とても色っぽくて綺麗な容姿をしている。

ため息を漏らしながら殿方がマリアンヌを眺めている姿を何度も見た。モテるのよ。

隣国の上位貴族に見初められるのは十分あり得る話で……。

「シャリアーゼ様、必要なご令嬢とは？」

マリアンヌの言葉にハッと意識を戻す。そうそう、今はマリアンヌの婚約者の話はどうでもいいんだ。

「え、ええ。皇太子妃……のちに王妃となった時に王宮に仕えてくれる方を」

身の回りの世話をしてくれる人。侍女もそうだけれど、王妃の仕事を手伝ってくれる秘書的な人も必要だ。それから……側室……。

「シャリアーゼ様は、すでに学園生活のその先を見据えていらっしゃるのですね！」

えーっと、マリアンヌは学園生活のその先を考えたりしないの？　いやいや。どうするつもりなの？　独身を貫くにしても結婚するにしても……。

「ですけど、言われてみれば必要なことですわね。女の身でも仕事をしなければならないとなると、下位貴族の令嬢ですものね。学園でもなければ私たちと接点がありませんもの。ふふふ」

何を言っているんだろう。

女の身でも仕事をしなければならないのは下位貴族の令嬢だけではないのに。

王妃は王妃としての仕事が数多くある。

もちろん公爵夫人をはじめとした貴族夫人も皆そうだ。屋敷の維持、主人が留守の時の領地の管理。もちろん使用人がその大半を行うものの、不正がないように、困りごとがないようにと気を配らなければならない。社交も仕事の一つだ。貴族同士の噂話からいち早く不安要素を嗅ぎ取り対策を練るなど。それこそ、下位貴族であれば社交は娯楽でしかないかもしれないけれど。むしろ上位貴族にとって社交の場は仕事場であり戦場だ……と、思うのだけれど。

正直、私に皇太子妃が務まるのか、王妃が務まるのかと……不安しかない。ただ、その不安よりも早死にする運命に対する不安の方が大きいから、あまり考えないでいられるんだけど。

もちろん、すべて周りの人に任せてお飾りの夫人もたくさんいるし、世継ぎを産むことだけが仕事だと考えている人も多い。男女問わずだ。世継ぎを産めば好きなことだけをしている夫人、好きにさせている主人も多いけれど。

貴族に生まれたからには、領民のため、自分にできることはしていきたいと私は思うのだけれど……。マリアンヌに私の考えを押し付けるつもりはない。

「それから側室をと殿下が望まれた時のために、どのような方なのか知っておきたいのですわ。ですから在学中はより多くの方と接していくつもりですの。身分に関係なく」

ニコリと笑うと、マリアンヌもニコリと笑った。

「側室でしたら、シャリアーゼ様と親しい方がよろしいでしょうね。そして、シャリアーゼ様に何かあった時には正妃になるかもしれません。それなりの身分でなければ。ああ、もちろん婚約者がいる令嬢は無理ですわね」

私と親しくて、それなりの身分で、婚約者がいない……。

ん？　んん？　まさか、マリアンヌ、側室になりたいの？　だから、婚約してないの？

そりゃ、もともと、皇太子妃候補に名前が挙がるような方ですから、家柄などは問題がないでしょうけど。選民意識が強すぎて、国内の貴族たちに不満が溜まってしまうんじゃないかな……。公式の場で声をかける相手が偏ったりすると。

男爵であろうとも子爵であろうとも、国に多大な貢献をしている貴族はたくさんいる。

側室は……。私が死んだら正妃になる可能性が高い。さすがにマリアンヌはあまりふさわしいとは思えない。

「あくまでも、殿下が望まれた時の話ですから……。もしかすると、物語のように後ろ盾もない下位貴族のご令嬢と、真実の愛に目覚めて側室にと言われる日も来るかもしれませんわ」

マリアンヌが不快そうに眉根を寄せる。

「そんな身の程知らずの女がいれば、私が徹底的に排除して差し上げますわ」

「いいえ、マリアンヌ様、たとえばという話ですしね？　その、いくら真実の愛とはいえ、国益を損なうようなお相手であれば私もそれなりに手を尽くしますので……」

徹底的に教育するか、殿下と深い仲になる前に別の殿方に嫁いでいただくか……。

「側室候補は少ない方がいいですわよね。私も協力いたしますわ」

マリアンヌが任せてくださいとばかりに胸を叩いた。

いえ、結構です……というか、マリアンヌは側室候補に自分が入っていると思っている？

まさかね？　単に友人である私の身を思って……だよね？

「では講堂に参りましょう。入学式が始まってしまいますわ」

マリアンヌに促されて講堂へと移動を開始する。と、少し歩くと足元に、あの謎の丸いものが落ちているのに気が付いた。

丸くした木製の球にしか見えないんだけど。学園に持ち込んで何に使うものなのだろう？

拾い上げると、ミミリアに先ほど手渡したものと同じだとすぐに分かった。

鞄の中に入れる。

これを届けるという名目でもう一度話ができそうね。ラッキーだわ。と、考えて歩いていくと、中庭で動くあのピンクのふわふわの頭が目に入った。

しゃがんで何かを拾っているようだ。

一緒に何かを拾っているのは、公爵家令息（れいそく）のレイド様だ。薄茶色の髪に、グレーの瞳。眼鏡（めがね）姿がクールだと社交界でもたびたび噂に上がる美男子だ。

拾ったものを鞄に詰めているのが見えた。

「また躓いて鞄を落としたのかしら？」

随分おっちょこちょいな子だわ。この謎の丸いものも、うっかり落としてしまったのね。

まぁ、そうね。名前も聞いたことのないような男爵家の令嬢となると、平民に近い生活をしていたということでしょう。貴族ばかりの学園で緊張してしまうのは仕方がないわよね。

……それにしても。

貴族の名前と特徴は勉強したけれど、領地持ちだけなのよね。領地を持たない、商売や城勤めで生計を立てている男爵や騎士爵は家名も分からない。これではいけないわね。寮に戻ったら資料を準備してもらって勉強しなければ。

ミミリアはファストル男爵家と言ったかしら。

……商売をしているのなら扱う商品のこと。城勤めなら配属されている部署……何か会話のきっかけになりそうな情報を入手して。

この謎の丸いものを返しに行った時に、距離を詰めて話を聞かないと。

私が、どうして13歳の時にお父様ともども死ぬかもしれなかった。

どうして、それを知っていたのか。

ミミリアが特別というのは、どういうことなのか。

マイナス15年のことは、尋ねるには寿命が見えることを言わなければならないから聞けないけれど……。聞きたいことがたくさんある。

移動しながらマリアンヌにさりげなく接触する。

余命は70年。10歳で出会った時に75年だったから、不動の85歳までの長生き令嬢だ。

私がマリアンヌと親しくしている理由の一つがこれだ。

私よりも早く死ぬと分かっている人とは付き合いづらいでしょう。

ああ、もうあと1年しか会えないのかとか思いながら接するのは……ね。

もちろん、不必要に寿命を見るようなことはしない。触れなければ見えないのだから、触れる必要がない人には触れない。

「ご機嫌ようシャリアーゼ様、マリアンヌ様」

あと、2人の伯爵令嬢と合流する。サラとハンナだ。マリアンヌは伯爵令嬢のサラやハンナよりも自分の方が上だと思っているため、私に2人を必要以上に接近させない。私の半歩後ろにマリアンヌ。その一歩後ろに2人の伯爵令嬢という布陣で、入学式が行われる講堂へと足を踏み入れる。

すでに講堂には、今年入学する生徒のほとんどが集まっているようだ。

席のほとんどが埋まっている。そんな中、ぽっかりと正面最前列だけが空いている。

入学式は新入生のみで行う。保護者は遠方の者も多く、領地を離れられない者もいるため20年ほど前に参加なしになったそうだ。

およそ100名の新入生。15歳になる貴族令嬢と貴族子息。

前に座る者ほど高位となる。1列目2列目3列目に座る者には見知った顔も多い。

4列目以降はあまり接点のない貴族だ。名ばかり男爵や騎士爵だろうか。

後方の席はほとんどが埋まっている。下位貴族から順に入場するという社交界でのしきたりにのっとって早くに着席したのだろう。

公爵令嬢の私は当然最前列。同伴者も同じ扱いだから、4人揃って最前列へと向かう。

……サラとハンナは、最前列に向かう私たちに羨望のまなざしを向けている後列貴族たちをちらりと見ながらご満悦だ。

うん。そうだよね。この2人は虎の威を借る狐だ。マリアンヌは私を利用しようという意図はなく、自分が付き合うのにふさわしい者を選別しているだけ。2人ははっきり公爵令嬢である私の威光を利用しようとしてるだけって分かりやすい。

だから好き。

きっと、結婚してお互いに距離が開くようになれば、手紙のやり取りもしない間柄になるだろう。心許せる親しい友達になってしまうなら……、寿命は絶対見たくないもの。

最前列のぽっかり空いた場所まで行くと、見たことのない顔の令息が座っていた。

……最前列に座るほど位が高く、王都で顔を合わせたことのない人物というと……。

青みがかった薄茶の髪に、真っ青な瞳。北方の特徴が色濃く出た大人っぽい顔つきの生徒。

うん、きっと辺境伯嫡男のキリア様ね。

キリア様と1つ椅子を開けて腰かける。その隣にマリアンヌ、さらに隣に2人が座った。

「ひゃーっ、遅くなっちゃった。ああ、どうしよう、席が空いてない……」

バタバタと騒がしく講堂に生徒が入ってきた。

見なくても、ミミリアだと分かった。

……貴族らしくない音を立てた歩き方に、あの声。先ほどまだ荷物を落として拾っていたから、私よりもあとに講堂に入ってくるのも当然だというのもある。

「あ、空いている席があった！」

あの後ろの方で真ん中あたりがぽつんと開いていた場所を想像する。

前をすいませんとかき分けて座るのか、それとも1つずつずれて座り直してもらうのか。どちらにしても大変そうだと思っていたら。

「ここ、空いてますよね！」

辺境伯嫡男のキリア様に声をかけて、私とキリア様の間の席に腰を下ろした。

ま、じ、か。

うっかりさんなのか、本当に貴族としての基本的な教育や常識を全く知らないのか。それとも社交界と違い学園では身分に関係なくという建前（たてまえ）を真に受けた、いえ、信じている純粋さを持つ子なのか。

まぁ、私としてはラッキー。お近づきになるチャンスだわ。

「ミミリアさんでしたわね？」

横を向いて声をかける。にこやかに笑って。

「はっ、ごめんなさい、え？　私何か間違ったことをしましたか？」

ミミリアがいきなり立ち上がった。マリアンヌも立ち上がった。

「ええ、しましたわ。あなたが座るべき席ではありません」

マリアンヌがミミリアを排除しようとしている。

待って、そんなに怖い顔して睨み付けたら逃げちゃうわ。

「そうですわ。最前列に座っていいのは、選ばれた者だけなのですわ！」

「そうよそうよ！　誰の許しをもらって最前列に座るつもり？」

サラとハンナの２人もマリアンヌに続いてミミリアを責め立てる。

いや、だから、逃げちゃう。

「わ、私……知らなくて。決まった席があるとは思わなくて」

ミミリアが助けを求めるようにチラチラとキリア様に視線を送っている。

キリア様は青い瞳をミミリアに向けて小さくため息を吐き出した。

「まったく、めんどくさいな。それくらいのことでぎゃーぎゃーと」

あ、お？　粗野な言葉がどこかから聞こえたけれど、まさかキリア様？

やめてぇ。左から冷気（冷たい目をしたキリア様）、右から熱気（怒り狂うマリアンヌ他）に、挟まれて死んじゃうわ私。いや、死なないけど！　寿命が縮む思いだけど。

と、思わず数字を確認。縮む思いなのに縮んでない。って、違うそうじゃない。

「私が許しますわ。ミミリア、どうぞおかけになって。今から移動していたのでは入学式が始まってしまいますわ」

誰の許しがあってというならこれでいいでしょう、ね？　とばかりに微笑んで見せる。

示しって、誰によ。

「シャリアーゼ様、そんな……示しがつきませんわ」

「あら、言い争って、入学式の開始を遅らせるようなことをしてしまっては、それこそ示しがつかないのではなくて？」

ミミリアはね、二度も荷物を散らばせちゃうくらいのおっちょこちょいよ。席だって空いてるからって最前列に来ちゃう考えなしよ？

後ろの席に行きなさいと言っても、移動する間にいじわるしようとして誰かが出した足にまんまと引っかけられて、転んじゃうわよきっと。

それから鞄の中身をまたぶちまけて。すいませんごめんなさいと言いながら、貴族令嬢や令息の足元に転がったものを慌てて拾い集めるのよ。

令嬢の足元に手を伸ばす姿を想像してごらんなさい。きゃー、いやぁと、悲鳴を上げて令嬢が立ち上がったり、正義感の強い子息が無礼者と騒いだり。

……ああ、想像しただけでも、阿鼻叫喚。ぞっとして背中が冷たくなる。

「私が許したのです。座りなさい、ミミリア」

声をかけるけれど、ミミリアはなぜか私から目をそらしてキリア様を見た。

あ、まぁそうね。私が許したけれど、大丈夫かな？　と思っているのよね？

「私も許そう、さっさと座れ」

キリア様に言われて、ぱぁっとミミリアは顔をほころばせてぺこりと頭を下げた。

「ありがとうございますっ、キリア様っ！」

ん？　先に許した私にお礼は？

いや、仕方がないか。私の仲間というか随行者というか同伴者というか……の、マリアンヌたちがめちゃくちゃ睨んでたものね。怖くてこっち見たくないよね。

ミミリアは座るとずっと顔をキリア様の方に向けている。

……あれ、なんか、ミミリアと親しくしたいのに、ハードルが高いな。困ったぞ。

いろいろ話がしたいのに。うーん。どうしたものか。

「礼ならシャリアーゼ嬢に言うべきだろ」

ナイスアシスト。キリア様に言われて、ミミリアがこちらを向いた。

怖くないよ？　仲良くしましょうね？　と、めいっぱいの笑顔を向ける。

「あ、ありがとう……ございます」

視線も合わさず小さな声でお礼を口にすると、すぐにミミリアは正面を向いた。

怖いんだよね？　私の隣にいるマリアンヌがもしかして睨んでる？

大丈夫、私には謎の丸いものがある。これを返すという名目で自然に接触できるはず。

マリアンヌ他、誰もいない時にミミリアに声をかけて、２人で話をするチャンスを作ろう。

「なんで……なんか私が悪いみたいなことをキリア様に言われるなんて……おかしい……」

ミミリアが何かブツブツとつぶやいている。

なんだろうと首を傾げたところで、入学式が始まった。

登壇したのは若き学園長だ。学園長とはいえ実質は名誉学園長。運営にはほぼ関わっていない。王立学園なので、王族が学園長に名前を連ねることになっているための形式的なお飾り。

「王弟殿下」

マリアンヌがため息とともにつぶやいた。

そう、殿下と会っている時に何度も顔を合わせたことのある、王弟殿下が学園長である。

殿下に対しては冷たい目を向けることが多い王弟殿下だけれど、今日は満面の笑みだ。それはもう、夏の太陽かというほど明るい笑顔を浮かべている。

「入学おめでとう」

から始まり、祝辞、それから学園で切磋琢磨してほしいこと、国を支えるために云々かんぬん。新入生の気を引き締めるための文言が続く。

それから、最後に。

「若人たちよ。社交界とは切り離された学園生活を存分に楽しんでくれ。私も、学生時代にかけがえのない友を得た。そして恋もした」

王弟殿下の発言にきゃーっと悲鳴のような歓声が上がる。

「あの時の輝かしい思い出は今も私の中にあって色あせることはない。学園を出れば一貴族としての責務が課せられるだろう。せめて、学園にいる間だけでも、すべてを忘れて一生の思い出が残るほど楽しんでほしい」

王弟殿下の言葉に、随分と無責任さを感じる。

……すべてを忘れるわけにはいかないだろう。

いくら社交界とは切り離されていても、学園での行いが人の記憶から消えるわけではない。

羽目を外してしまえば、学園の卒業後に「そういう人間」というレッテルを貼られることになるのだ。

だから。自分の立場も責任も忘れて楽しむことはできない。なんてことは、まぁ、私でなくても貴族として教育を受けてきた子息令嬢にとっては当たり前のことか。

多少羽目を外しても問題ないとか、不敬を恐れる必要はないとか、そういう言葉の代わりに「楽しみなさい」という言葉を選んだだけ……だろうな。

っていうか……。

王弟殿下のかけがえのない友というのは、ジェフのことだろうか。

ジェフは、どうして殿下を暗殺しようとしたんだろう。妹のためではなく、本当は友人でもある王弟殿下を王位につけるためということはない？

でも、王弟殿下にその意思はないんだよね？　独身を貫いているのも世継ぎを作るつもりはないとアピールして、王位争いを避けてのことだって話だ。

……本当にそうなのかな？　王弟殿下は学園在学中に恋をしたと言っていた。忘れられない恋、忘れられない女性がいるから結婚しないのかもしれない。

ロマンチックだ。その人のことを思い続けて、独身を貫くなんて。

でも、なんで結ばれなかったんだろう？　身分違い？

相手がたとえ平民だったとしても、どこかの貴族の養子にして結婚するという道もないわけじゃない。……それもできなかったとなると……。

婚約者のいる女性との学生の間だけの恋なのかな。

さすがに、王弟殿下と結婚するので婚約破棄しますわ！　なんて言うわけにはいかないよね。

王室のイメージダウンはなはだしいし。貴族の婚約者を奪う王族なんて……ねぇ？

もしくは、留学生との恋とか。国に帰っておしまいみたいな。

国を越えての婚姻となると、貴族でも難しいのに王族となるとさらにハードルが上がる。

国同士のつながりには、バランスというものがある。我が国と友好国だからといって、１つの国とのつながりが強くなりすぎると別の国との距離が開く……とか、本当に難しい。

いろいろと想像が膨らみ、王弟殿下に対して同情心が湧きそうになった。

けども、待て待て。貴族なんて多かれ少なかれ政略結婚で、好きな人と結ばれるなんてほとんどないわけだ。

学生時代だけでも両想いで、好きな人と過ごした思い出があるだけでも十分勝ち組だよ。

そういう思い出を胸に、決められた相手と結婚し、貴族としての務めを果たす。恋愛感情がなくとも、家族として、もしくはともに家を支える同志として心を通わせ過ごす。そういうもんじゃない？

私だって、寿命が元に戻って長生きできるなら……。

殿下と私が仲良く年老いて並んでいる姿が思い浮かんだ。

あれ？　私、長生きできるとしても、殿下の隣にいるの？

子供や孫に囲まれて、殿下と……。

どうしよう。今思い浮かんだ、年老いた私と殿下が並んだ姿に、気が付いてしまった。

これは、私の……願いだ。

死にたくない。

それだけじゃない。早死にしないなら、今浮かんだように、殿下と年を取っていきたい。

今さら、他の誰かと婚約して結婚する未来は想像できない。

そりゃ、そうか。考えたこともなかったもの。誰かと恋をするなんて。

寿命が戻るようにとそれだけを考え、殿下が死なないようにと気を張って……。

殿下のせいで寿命が減ったのは許せないけど。

もし、婚約を解消したら寿命が戻るって分かっても……。素直には喜べないかもしれない。

……それほど、殿下と過ごすことが当たり前になってきている。

自然と、２人が年老いた姿を想像できるくらいに。

私たちは、もう、同志なんだ。

この先の国を担う王と王妃になるべく勉強している同志。

と、考え事をしている間に王弟殿下の言葉が終わった。そのあと、生徒会長が登壇する。

「え？　生徒会長って、殿下じゃないの？　な、なんで？　おかしいじゃない」

ミミリアが隣で驚きの声を上げている。

いや、そんなに驚くようなこと？

登壇したのは、３年生の侯爵家次男。領主となる兄を支えられるようにと非常に真面目に勉学に励み、優秀だと言っていた。殿下が。

できれば領地に引っ込まずに官吏になって支えてほしいらしい。赤茶色の髪に、そばかすの浮いた地味な顔。だけど、その見た目に騙されては駄目だと殿下は言っている。細い目の奥がギラリと光った時の革新的な考えには何度も舌を巻いたとか。

見た目は平凡だが人並外れて優秀。ああいう男を「能ある鷹は爪を隠す」と言うんだろうなぁと言っていたけれど……。

優秀であるって話はお父様も知っていたし、それなりに噂になっているから隠してないと思いますけどね？

「なんであんなモブ顔が生徒会長なの？　っていうか、誰？　知らないし！」

ミミリアがブツブツとまだ何かをつぶやいている。

「絶対おかしい。だって、皇太子を差し置いて生徒会長なんてあり得ない」

ああ、なるほど。確かに、学生の上に立つ生徒会長という役割に、皇太子である殿下がついていないことに疑問を感じたのか。

でも、いつか言ってたよなぁ……。いつだったっけ。3カ月くらい前?

「生徒会長といえば3年生の仕事だよな? だから、俺は断った。生徒会役員は仕方がないと思っている。なんせ上位貴族が生徒会をないがしろにすると学園の秩序が乱れるからな」

殿下の言葉にうんと頷く。

いくら学園では貴族の位の上下に関係なく自由に過ごせばいいといっても、罪に問われないというだけだ。

不敬罪として処罰されることはない。だけれど、不敬を働けば社交界での立場が悪くなる。卒業後のこと、それから親の立場など。

なので、やっぱり下位貴族は上位貴族に理不尽なことをされても逆らうに逆らえないこともある。そこで必要なのは、生徒の誰よりも上の立場の者が生徒会に所属し、そういう理不尽な行いを学園内で処理することだ。

なので、まぁ、殿下が在学中に一番上の立場の者といえば当然殿下。

……待てよ? 殿下が卒業したら、公爵令嬢の私になるんじゃない?

私も、殿下卒業後には強制生徒会役員……? うう。

「だが、生徒会長はごめんだ。仕事の量が半端じゃない。特に、どんどん改革案を出すからな、ハンブルジュは。昨年の会長も散々振り回されていた」

ハンブルジュというのが侯爵令息の名前だ。ブツブツと言いながらも殿下は悪感情は持っていないと思う。そっと、殿下の腕に触れながら尋ねたんだった。あの時。

「その、ハンブルジュ様を側近にするおつもりは？」

ジェフがいなくなったのだ。将来、殿下を支える者を探さなければいけない。

「そうだな……」

殿下の寿命に変化はない。

「優秀だが……。なんだか働かされ続ける未来が見えるんだ。だから本当にアイツを側近にしていいものか……」

あ。寿命が1年減った。

なるほど。ハンブルジュ様を側近にすると、忙しくて寿命が少し減ってしまうんだ。熱心に仕事しすぎる人も側近には向かないみたいね。

「とにかく、生徒会長になって仕事に忙殺(ぼうさつ)されたら、シャリアーゼと会う時間が減るからな！」

「え？　わ、私と会う時間のために？」

心臓がドキリと跳(は)ねる。が、顔にそれが表れないようにすぐに気を引き締める。

恋人同士であれば甘い言葉に感じるのかもしれない。けど、私たちは政略結婚の婚約者。勘違いしてはいけない。

「嫌なのか？」

殿下が不安そうな目で私を見る。

私はジェフのように裏切ったりしない。不安な顔をしないでよ。

殿下を助けるために寿命が元に戻る道を1回捨てたんだからね。

「大丈夫なのですか、その……婚約者に会うために生徒会長にならないなんて言って……」

けれど、それはそれ。暗殺未遂事件など公にされてない。

ましてや、側近であったジェフが主犯格だったなんて極秘情報だ。

知らない人間からすれば「殿下は婚約者を溺愛するあまり仕事をおろそかにしている」と、「愚か者」の烙印を押されかねない。

「問題ない。生徒会は最上級生がやるものだろうと。学園では貴族の上下関係よりも学年を優先させるべきだという正論をはねつけるような者はいない」

まぁ。うん。表向き学園では貴族の位の上下は関係ない。となれば上級生が生徒会の仕事をすることにも不自然さはない。

……と、私が長々と3カ月前のことを思い出している間、隣に座るミミリアはまだブツブツとつぶやいている。

「絶対おかしい。殿下が生徒会長じゃなきゃ。なんで、あんな男が生徒会長なの？　誰よ、あんなの知らないわよ。髪の毛切ったらイケメン枠でも、痩せたら美形枠でもないのに、生徒会長とか……」

え？　イケメン？　美形？

あまりにもミミリアが言い続けていたせいだろうか。キリア様がミミリアに言い放った。

「生徒会長のハンブルジュは3年、皇太子は2年だろう。なんらおかしくはない。むしろ、位を笠に来てトップに立とうとするような人物じゃなくて好感が持てるだろう。人の下につく経験も在学中でなければできないことだ」

おお。殿下の株が上がっている。

「え、あ、はい。そうですわね、キリア様。私、皇太子殿下が一番偉いと思っていたのでびっくりしちゃいました。確かにキリア様の言う通りですわね」

ミミリアはころりと態度を変え、ニコニコと笑ってキリア様に返事をする。

納得したのかな？

他の生徒も、キリア様のように考えてくれるといいけど。もしくはミミリアみたいに、話を聞けば「その通りだ」と思ってくれるといいけど。

などと考えている間に、生徒会長ハンブルジュの言葉が終わった。

その後、入学式が終わり、そのまま説明会に突入。各担当教科の先生の紹介。３年間のおよその流れ。１年次の主な行事。学園生活での注意事項。

それが終わると、クラスごとに分かれての説明会だ。


だいたい20～30名のクラスが5クラス。クラス分けは成績も貴族の位も関係なく、単純に名前順だ。アルファベット順に並べて、上から順に1組2組3組……といった分け方をする。

貴族の位で分けると、上位貴族ばかりが集まる、下位貴族ばかりが集まるという形になりせっかくの交流の機会が失われる。また、成績順とすれば、プライドばかりが高く成績は振るわない上位貴族がごにょごにょ……まぁ、いろいろと問題があったため今のような形になったというのは一般常識だ。学校側の説明ではそんなこと言わないけどね。

マナー教育がしっかり施された上位貴族と、ほとんど受けていない下位貴族が混ざったマナーの授業。

文字すら読み書きがたどたどしい者と、学園で学習する内容をすでに終えてしまっている者との社会の授業。

30メートルも走れば息が上がるような者と、毎日何キロも走っている者がいる護身術の授業。

ダンス、数学、帳簿(ちょうぼ)……あらゆる授業をクラス単位で行うと支障が出ることは明らかで、授業はすべて「選択制」及び「習熟度別」となっている。移動して受ける授業がほとんどで、同じ教室でクラスメイトと受けるのは毎日1つ。国史、神史、地理、貴族の系譜……など、繰り返し頭に入れるべきものだ。

選択した授業によって顔ぶれが変わってくるため、いろいろな貴族との交流も図れて、殿下は気に入っているようだけれど。マリアンヌのように下位貴族とは話もしたくないというタイプには不評みたいだ。同じ扱いを受けることが許せないと。

「では、クラスの発表をする。名前を呼ばれた者から教室に移動するように」

壇上に上がった教師がアルファベット順に名前を読み上げ、クラスを告げる。

ミミリアがまるで知っているかのように口を開いた。

「私はね、キリア様と同じクラスになるんですよ！」

あら。もしかして今年入学した貴族の子息令嬢すべてを事前にチェックしたのかしら？　ミミリアって結構研究熱心？

キリア様の名が呼ばれ、5組に決まった。

それから、私の名も呼ばれ、1組に。教室に移動する。

教室の最前列の席に腰かける。

次々に生徒が入ってきて、迷わず後方の席に腰かける者もいれば、悩んだ末に真ん中あたりに座る者もいる。

初日だしね。貴族の序列に従った席が無難と、私のように考える者が多いってことよね。クラスの子たちと仲良くなればグループごとにまとまって座ったりもするのだろうけど。

「あー、もう、なんで？　どうして私が1組なの！」

不満げにぷくっとほっぺを膨らませてミミリアが教室に入ってきた。

笑顔で入ってきたわけではないというのに一気に教室が華やいだ。

かわいらしい小動物を思わせるような仕草。うるんだ大きな瞳に、ふわふわと柔らかそうなピンクの髪。

サクランボのような唇に、雪のような白い肌。美少女の登場に男子生徒はため息をつく。

ミミリアは教室に入り、私の姿を見つけるとずんずんと歩いてきて正面に立った。

「シャリアーゼ様のせいね、人数が変わったから私がキリア様と同じクラスになれなかったんだわ！」

え？

「どうしてなんですか？　殿下に落としたものを拾ってもらう時も、キリア様に入学式でかばってもらう時も邪魔した挙句に、私とキリア様が同じクラスになるのを阻止するなんて。それに、あなたが生きていたことで、殺人事件の真実を暴くこともできなくなったじゃないですか！　いったい、本当に、なんなんですか！」

全然分からないことを言われている。

「ミミリアさん……あの、何をおっしゃっているのか分からないのですが……？　邪魔をしたつもりもないですし、生きていることが不都合だと言われるのも理解できませんが……？」

私とミミリアのやり取りを、クラスメイトたちが興味深げに見ている。その視線に気が付いたのか、ミミリアが急に笑顔を浮かべた。

「ご、ごめんなさい。あの、私……」

ミミリアが私の目を見る。

「予知能力があるんです」

聞き耳を立てていた生徒たちが、は？　と小さく声を上げた。

不思議な能力を持った者が世の中にはいる……という話は、皆知っているだろう。だけれど、それはおとぎ話のようなものだ。魔法が使える人など本当はいないと、この年になれば知っている。

つまり、予知能力なんて魔法のような力などあるわけがないと思っての反応だろう。

だけど、私には人の寿命が……余命が数字で見える。不思議な力というのがこの世には存在すると知っている。

「本当？　予知能力が……それで……」

　私が死ぬことの予知もしたのね。でも、私は寿命が見えたことでその未来を回避することができた……。もし、寿命が見えなかったら、そのまま死んでいただろうから、ミミリアの未来予知は当たっていたということになる。

「まぁ、疑うのも無理はないわよね。でも本当なの」

　いや、疑ってないけども。

「じゃあ、予知するわ。さっき入学式で教師が紹介されたけれど、あの中の1人がすぐに怪我をするわ。そして代わりに、近衛騎士が臨時講師として学園に来るのよ」

　ミミリアの言葉に、教室がざわざわとざわめく。

「え？　本当かしら？」

「近衛騎士って誰がいらっしゃるのかしら？」

「近衛騎士を俺は目指してるから、指導してもらえるなんてラッキーだ」

「なんの科目を教えてくださるのかしら？　受講科目を見直さなければ」

「待て待て、まだ、本当だとは決まってないぞ」

「そうだな、予知なんて当たるわけがない」

　半信半疑ながらも、近衛騎士が教壇に立つと聞いて沸き立っている。

うんうん。近衛騎士といえば、騎士の中でもエリート中のエリート。剣の腕前だけでは近衛騎士にはなれないのよね。見た目もさることながら立ち振る舞いも洗練されていて、頭も切れる。家柄も、伯爵家以上だ。次男、三男で爵位を継げない者も多いが、「騎士爵」が約束されているため下位貴族令嬢には大変人気だ。うまくいけば上位貴族とのつながりも持てると、近衛騎士を捕まえなさいと後押しする親も多い。

すべての1組の生徒が揃ったのか、新しい生徒が教室に入ってこなくなった。

マリアンヌの姿もないから別のクラスになったのか。

そうすると、親しい人が誰もいない。

あ、でも。ミミリアとはいろいろ話がしたかったしちょうどいいのかな？　マリアンヌがいるとミミリアに逃げられそうだし。

予知能力があるなら、寿命が減ったら、何があるのか予知してもらえないかしら。

そういえば、ミミリアが「私は特別なのよ」と言っていたのは、予知能力のことなのね。

予知能力があれば、確かに特別な人間だ。でも……。

「ねぇ、ミミリアさん、先生が怪我すると分かっているなら、その怪我を事前に防ぐことはできないかしら？　誰がいつどこで怪我をするのか予知できないの？」

代理の先生が必要になるような怪我ならば軽いものではないだろう。防げるなら防いだ方がいい。

「な、何よ。私の能力を馬鹿にするつもり？　ひどいわっ！」

「そうじゃなくて……怪我をしないように忠告することができるのではと思ったのですわ」

ミミリアが大声を出したから、生徒たちの目がこちらに向いた。

「そうよね、予知できるなら怪我しないように教えられるんじゃないの？」

「でもそうしたら近衛騎士様がいらっしゃらなくなってしまうのね」

「何を言っているの、怪我なさる先生がかわいそうでしょう」

別の方向で生徒たちが話を始める。

「分からないわ。予知は見たいことが見たいだけ見られるわけではないのですから。ただ、近衛騎士が怪我をした先生の代わりに指導することになると知っているだけで。どの先生の代わりだとかまで分からないのよ」

ミミリアの手を取る。

「ごめんなさい……そうよね。分かっていればミミリアさんは黙っていたりしませんわよね？」

私が一番よく知っているはずなのに。

私だって寿命が見えるといっても、年単位だ。細かいことは見えないし、何が原因なんて分からない。ミミリアの予知能力も同じように万能ではないのだろう。

……それなのに、怪我を見過ごすひどい人みたいに聞こえなくもない言い方をしてしまった。

確か、私が殺された事件の犯人を暴くとか言っていた気がする。つまり、犯罪を見過ごさずにちゃんと告発する人間ということだよね。正義感が強いんだよね？

だって、公爵令嬢殺人事件が起きたからって、関われば自分も危険になる可能性があるから、知らんぷりしておけばいいんだもの。つまり、ミミリアはいい子なんだよね？

もしくは、うっかりさんで、あまり深く考えて行動しないタイプかもしれないけれど。

「え？　ええ。もちろん。予知して役に立てることがあれば黙っていたりしませんわ。あ、そうですわ。私の予知では生徒会長は殿下だったと思うのですが、どうして生徒会長は別の人なのか知りませんか？」

ああ、なるほど。予知で見たからいろいろなことを知っていたし、予知と違うと首を傾げていたわけね。

「来年は殿下が生徒会長になると思いますわよ？　基本的に、毎年生徒会長は最終学年……3年生が務めるということになっていますので」

「えー、なんか違うなぁ」

ミミリアが首を傾げる。

「何が違うと思っているのか分かりませんが、生徒会長のハンブルジュ様は大変優秀な方ですわよ？　生徒会長にふさわしい方だと思いますわ」

そうそう。ハンブルジュ様が殿下の側近になるかならないかで殿下の寿命を左右してしまうくらいの。

「能力……ねぇ……その他大勢って感じなのに……」

ミミリアが苦笑している。

見た目は、まぁ確かに有能そうに見えないのよね。覇気（はき）がないようにも見えるし。ぼんやりしているようにも見えるし。弱そうにも見えるし。

「ふふ、確かに、ハンブルジュ様は相手を油断させるような容姿をしていますわね」

交渉ごとにはそういう方が有利に話を進められるのかもしれない。それも一つの能力なのかな。

「油断？　ああ、まぁ、うん。そういうポジションもありかぁ。いや、でも私はないなぁ？シャリアーゼ様はそういうのも好きなの？」

ミミリアが目を輝かせて私に尋ねてくる。

ん？　あれ？　これって、もしかして……。

私、ミミリアと仲良くなれそう？　お友達になれそうなのでは……？

お、おお！　これでいろいろと2人きりで会うこともできるし、親しくなっていろいろと尋ねることもできるようになる。

クラスで1人ぼっちで過ごすのかなと思っていたので、いろいろな意味で嬉しい。ちょっと貴族としては言葉遣いも立ち振る舞いもマナーも常識も全部駄目な子ではあるけれども、それは3年間で身につけていけばいい話で。そのための選択授業もたくさんあったはず。

「遅くなってすまない」

がらりとドアが開いて、教室にきらめく男性が入ってきた。

近衛騎士の制服に身を包んだ、青みを帯びた髪の美丈夫。

「担任になるはずだった先生が怪我をして、急遽しばらくの間代理で担任をすることになった」

その言葉に、女生徒は黄色い悲鳴を上げそうになるのを飲み込み、男子生徒はただ唖然として……ミミリアを見た。

そして、そのミミリアは……。

「うそっ！　1組の担任になるんだ！　嬉しい！　これって、シャリアーゼ様がいたせいで、クラスがずれたおかげだわ。ありがとう、シャリアーゼ様！」

私の手を握り返してぶんぶんと嬉しそうに振っている。

なんだか分からないけれど、仲良くなれる？

「急なことで何も準備できていなくて申し訳ない。皆はこちらに張り出されている選択授業で何を受講するのか考えてくれ。縦列のグループからそれぞれ1つずつ選択希望を考えるように。1人ずつ相談を受ける」

先生の言葉にミミリアが身をよじっている。

「えー、嘘！　1人ずつ先生とお話しできるなんて、どうしよう。何をお話ししようかなぁ。やっぱりお父様のことかな。学園で学友だったんだよねぇ。……ああ、でもまだそれは内緒だ。こんな始まったばかりで話すわけにはいかないか……。うーん」

お父様と先生が学友？　近衛騎士の制服に身を包んだ代理の先生は、まだ20代に見えるけれど……。ミミリアの父親はその先生と同じ年齢？　若いよね。15歳の娘がいるようにとても見えないんだけど。それとも先生は若く見えるだけ？　そういえば、よほど慌ててしまっているのか、先生は名前すらまだ名乗っていない。近衛騎士は殿下とお茶をする時の護衛で何人か見たことはあるけど、陛下専属なのか王弟殿下専属なのか見たことのない顔だ。

「ミミリアさん、まずは選択科目を決めませんこと？　相談しようにも、どうするか考えなければ何も話せませんわよ？」

「ああ、もう決めてあるわ。もちろん全員と接触できるように、バランスよくね」

「全員と接触？　……それは、より多くの生徒との交流が図れるようにということですか？　それはいいですわね。参考までにお聞かせ願えませんか？」

ミミリアが首を傾げた。

「多くの生徒と交流するつもりはないですけど？」

今度は私が首を傾げる。

「え？　全員と接触すると言いませんでしたか？」

「あーやだなぁ、生徒全員じゃないですよ。攻りゃ……いえ、あの、えーっと、そう、予知よ、予知で見た人、全員よ！」

予知で見た全員と、なぜ接触する必要が？

そういえば、私が殺される予知をしたんだよね。もしかしたら他の人も、何か命に関わるような危険がある予知をしているのかもしれない。

「殺されるから気を付けて」なんて突然言われても、信じてもらえない可能性の方が大きい。

……それどころか、本人に伝えることすら困難な場合もあるだろう。そして、最悪、本当に事件が起きたとして、「なぜ知っていたのか？　犯人とつながりがあるのではないか？」と疑われてしまうこともあるはずだ。

そうならないように、あらかじめ顔見知りになり、親しくなって危機が近づいた時に予知の内容を教えてあげようとしているのかもしれない。

「私が力になれることがあったら、なんでもおっしゃってね」

男爵令嬢からは話しかけにくい相手、話を聞こうとしない相手でも、公爵令嬢の私からということであれば話を聞いてくれるだろう。

相手が信じる信じないは別だけれども。

ニコリと笑うと、ミミリアがちょっと複雑そうな顔をした。

「これ以上シナリオをかき混ぜて邪魔しないで」

「え？」

ぼそりと腹の底から出る低い声でミミリアが何かをつぶやく。

聞き取れなくて聞き返すと、天使のような笑みを浮かべて甲高(かんだか)い声を出した。

「本当ぉですか？　公爵令嬢のシャリアーゼ様にお願いごとを聞いてもらえるなんて嬉しいです」

同じ人の声に思えない。低い声は聞き間違いかな？　別の誰かの声だった？

「あ、私の番みたいです。先生に相談してきますね！」

ミミリアが先生の元に飛んでいった。

っと、こうしちゃいられない。私も選択授業を考えないと。

張り出された紙を見る。自分に合った授業を選択すればいいと思っていた。

1つ目の枠にはマナー初級、マナー中級、マナー上級、マナー応用、マナー実践と分けられている。私の場合、家庭教師についてすべて履修済みだ。となると、実践でいいということになる。学ぶことはないということだ。……けれど、「多くの者との交流」を目的とするのであれば、学ぶことのない授業にも意味は出てくる。

実践や応用は、学園卒業後も接する機会の多い上位貴族がほとんどのはず。となると、せっかく学園で交流を広げようと思うなら初級がいいかもしれませんわね。

次の枠は、刺繍、レース編み、乗馬、チェス、聞き茶ね。嗜みの授業だ。刺繍やレース編みは女性の嗜み。乗馬やチェスは男性の嗜み。聞き茶は男女ともに嗜む。

まぁ、私はお父様から、いざという時は馬に乗って逃げられるようにと乗馬を習ったし、お父様と遊びたくてチェスも覚えた。刺繍やレース編みは当然、得意ではないけれど人並みにはできる。

……となると、聞き茶がいいかしら。お茶会で、メイとジェフがいろいろなお茶を用意してくれたことでお茶の奥深さに興味が……。

あ。ジェフのことを普通に思い出している自分がいる。殿下と会う時に顔を合わせていただけで、あまり会話をしていたわけでもない。

私とジェフの関係はとても薄っぺらで……。ううん。たったあれだけの接触だけれど、全然薄っぺらじゃない。ずっと一緒にいた殿下には、私にとってのメイのような存在。思い出すたびに裏切られたことに傷つくに違いなくて。

聞き茶の授業の話を殿下の前ですることはできないよね。うっかり口にしてしまって傷口を広げたくはない。

乗馬にしようかな？　いや、大人しく刺繍かレース編み？　いろいろな噂話をしながら淡々と針を刺していくとか、交流できるかもしれない。

……といった風に、選択する授業を考えていく。

明日から3日。2年生や3年生の授業を見学して決定していく。授業によっては簡単な試験があり合格しないと選択できないそうだ。マナーとかも。基礎ができていない者は応用を受講できないなどの説明を聞いて終了。

「ミミリア様！　お話を聞かせてもらえませんか！」

「ねぇ、予知って、他にどんなことを予知できますの？」

「私の未来は見えますか？」

先生が教室から出ていくと、すぐにミミリアは生徒に囲まれた。

そりゃそうだろう。ミミリアはぴたりと当てたのだ。先生が怪我をして護衛騎士が代理を務めるという予知を。

……ちょっと、この囲みに割って入るのは無理そうかな。皆が話をしたい相手を独り占めするのは「公爵家の威光をちらつかせた」みたいな感じになっちゃうものね。

まだ学園生活は始まったばかりだから。またの機会にしましょう。

「シャリアーゼ様！　クラスが離れてしまいましたわねっ！」

マリアンヌが、サラやハンナとともに私の元にやってきた。

「マリアンヌ様は何組でした？」

「3組ですわ。離れてしまいとても残念ですが、選択授業はご一緒できますわよね？」

マリアンヌの言葉に伯爵令嬢2人も口を開く。

「私、兄に聞いていましたので入学までにマナーを徹底的に練習いたしましたの。実践の授業をシャリアーゼ様と一緒に受講するために」

「私は、聞き茶の授業のためにいろいろなお茶を取り寄せましたわ」

えーっと。

「あの、私、マナー実践も聞き茶も取るつもりはありませんが……？」

私の答えに、マリアンヌたちが言葉に詰まった。

それを見ていたミミリアがふっと笑ったことが、マリアンヌの癇に障ったようだ。

「あなた、確か男爵令嬢でしたわよね？　何が可笑しいのかしら？」

「い、いいえ、笑ったりしていません。マリアンヌ様が公爵令嬢のシャリアーゼ様に冷たくあしらわれてざまぁとか思っていません」

ミミリアの言葉に、ミミリアを取り囲んでいた生徒たちが笑った。

「はぁ？　生意気なのよ。男爵令嬢が何、クラスの人気者みたいな顔してるの？　ああ、それとも、皆に囲まれてみっともない姿勢や薄汚い話し方を注意されていたのかしら？　でしたら、私からも一つ指導してあげるわ」

マリアンヌがミミリアに一歩近づくと、ミミリアを取り囲んでいた生徒たちが距離を取った。

……そうよね。マリアンヌは侯爵令嬢。それ以上の地位の者はこのクラスにはいない。私以外。

つまり、私がこのまま見過ごせば、マリアンヌがミミリアにすることを私が許したということになる。……いや、むしろ私がやらせたんだなんて濡れ衣まで着せられそうだ。

「男爵令嬢が、頑張って玉の輿を狙って色目を使ったってね、無駄なのよ！　真実の愛だとかどうだとか、誰も知らないような男爵家の小娘を嫁にするほどの馬鹿は廃嫡されるっていうのは常識だもの。あなたが狙えるのは、そうね、せいぜい子爵令息までよ。分かったわね！」

ミミリアの顔が見えた。俯いて落ち込んでいるのかと思ったらニヤニヤ笑っている。

なんで？

「ご忠告ありがとうございます。でも、私は特別なんです。そうですよね？」

パッと顔を上げたミミリアが同意を求めて生徒たちの顔を見る。

生徒たちがうんうんと頷くのを見て、マリアンヌがカッと血を頭に上らせた。

「何が、特別よっ！　ちょっとかわいいからっていい気になるんじゃないわよ！」

これ以上はいけない。

マリアンヌを止めようと手を伸ばすと、ミミリアがニコリと笑った。

「私は、特別なの。あとで自分の行いを後悔しないことね。だって、私は……ああ、まだ言えないんだったわ」

まだ言えない？　もしかして、何か自分の未来を予知している？

どういう未来が待っているのか知っているのかもしれない。

「生意気よっ！」

マリアンヌが右手を振り上げた。

慌ててマリアンヌの手を掴む。

「離してください、シャリアーゼ様！」

5。

うそ、不動の長生き令嬢マリアンヌの寿命が縮んだ。

「マリアンヌ様……。1組の皆はすでに彼女の不思議な力を知っています。特別であることは、容姿の話でも妄想でもありません。ですわよね？」

私の言葉に、クラスメイトたちがうんうんと大きく頷いている。ミミリアが勝ち誇ったようにマリアンヌを見た。

「ふふふ、マリアンヌ様、シャリアーゼ様のおかげで助かりましたわね」

マリアンヌの寿命が戻った。

ほっと息を吐き出す。

ここでもしミミリアに手を上げていたらマリアンヌの余命は5に減ってしまっていた。……なぜ？　特別な存在であるミミリアを傷つけたから？

だけど、普通は侯爵令嬢が男爵令嬢の頬を叩いたくらいでは、せいぜい口頭注意程度で終わるわよね？

いくらこの先、ミミリアが聖女だとかなんだとかマリアンヌよりも高い地位についたとしても、過去にさかのぼってまで罰せられるようなことはない……。いえ、もし、罰することがあったとしても、せいぜい何日かの謹慎(きんしん)で終わるわよね。……まぁ、たかが謹慎とはいえ、罰せられたという事実がついて回れば、社交界での立場はなくなってしまうので罰以上の罰を受けるようなものなんだけど。

　寿命が大きく減る……5年で命を落とすようなことが起きるって、いったいどういうことだったのだろう。

「食堂へ移動しましょう。お腹がすきましたわ」

　マリアンヌの肩をぽんと叩いて行動を促す。

「私、学園での食事を楽しみにしていたのですわ。いろいろな家からレシピを聞き、同じ肉料理でも味付けは30も40もあると伺っていますわ」

　過去に「まずい、なんだこの味付け！」と癇癪を起こした子爵令息がおったそうな。そのため、学園の調理人はその令息の調理人にレシピを学び再現したそうな。そんなレシピが積み上がった学園の食堂は１００万ものレシピを持つとも言われている。

「私も聞きましたわ！　兄は鶏肉のシチューがとても美味しかったと言っておりました。我が家ではシチューといえば牛肉ですので、食べるのが楽しみなのですわ！」

「私は食後に出る果実の入ったぷるんとした不思議な食べ物が楽しみです」

　サラたちの弾むような声に、マリアンヌも少し落ち着いたようだ。

「そのぷるんとしたものはゼリーと言うものでしょう。気温が高いと固まらないので冬にしか提供されないという話ですわよ」

「あら、マリアンヌ様もお詳しいのね？　食事を楽しみにしていらしたのね？」

少しからかうように声をかけると、ちょっと頬を染めた。

「侯爵令嬢の私が口にするにふさわしい料理が提供されているか気になっただけですわ！」

ツンっと顎を上げてマリアンヌが口を開く。

侯爵令嬢どころか、王族である殿下も同じものを食べるんですけどね？

食堂では殿下に聞いていた通り、自分で料理を取って席まで運ぶようだ。

「ああ、こぼさずにうまく運べるかしら？」

一つずつが新鮮で、きゃっきゃと騒ぎながら4人で奥のテーブルに腰かける。

「それにしても、あの子はいったいなんのつもりでしょうか。シャリアーゼ様、特別だなんてお認めになるのですか？」

マリアンヌはパンをちぎりながら先ほどのことを思い出して怒り出した。

まぁ、経緯を知らなければ「私は特別なので」と言われても、「何を言っているのだろう」って思うのは仕方がない。

予知能力があること、教師が怪我をして代理の近衛騎士が来ることを予知してみせたという話をする。

「そうなんですか？　だったら、特別だというのも頷けます」

「他にどんな未来を予知したんでしょう？」

サラとハンナはミミリアの能力を聞いて驚き、興味津々といった様子だ。

マリアンヌは悔しそうに唇を噛んだ。

「いくらすごい能力があるからって……いい気になっていいわけじゃありませんわ」

まぁ確かに。調子に乗りすぎてはいけないとは思うけれど。

「貴重な能力を持っていることは確かです。もしかすると災害や犯罪を予知し、未然に防いだり被害を最小限に抑えることができるかもしれません。そうなれば、神の声を聞いたという聖女のように扱われるようになるかもしれません」

そうなれば、公爵令嬢の私よりも尊い立場となる。王族に並ぶ地位だ。

「あの下品な女が聖女に？」

マリアンヌがさらに唇を強く噛んでいる。

そして、手に持っているパンが指の形にへこんでいく。よほど悔しいのか。

「学べば、立ち振る舞いも言葉遣いも、貴族としての常識も身につきますわ」

もし、本当に聖女となるならば身につけなければいけない。

表面上聖女だと祭り上げられても、無作法では裏で馬鹿にされ続けるのだから。何かあった時に「やっぱり所詮は」と言われてしまう。所作が美しいだけで見る目が変わる人もいる。

「もしかして、シャリアーゼ様がマナー実践の授業を受けないというのは、彼女と同じクラスになって指導するためでいらっしゃいますか？」

え？　違うけど。

サラの言葉にマリアンヌが立ち上がった。

「まさか、シャリアーゼ様自らがあの女のご指導をなさるのですか？　それでマナー実践を選択しないと……なぜ、シャリアーゼ様がそこまでしないといけないのですか！」

別にそんなつもりはないんだけどな。多くの生徒との交流を目的としているんだけど。ミミリアと同じ授業を選択できるとも限らないし。ってことはないか。初級よね、きっと彼女。

「シャリアーゼ様の手を煩わせるわけには参りませんわ。私が、あのマナー知らずで下品な猿を躾けますわ！」

マリアンヌがこぶしを握りしめた。

トラブルが起きる未来しか見えない。……っていうよりも……、マリアンヌはミミリアに手を上げそうになった時に寿命が縮んだ。ミミリアにマリアンヌは関わってはいけない。

関わらせてはいけない。

「いいえ、マリアンヌ様。これは私の役割ですわ。聖女となれば、皇太子妃として接する場面もあるでしょう」

マリアンヌが言葉に詰まり、力なく椅子に座る。

「……差し出がましいことを……」

「いいえ。いつも私のためにいろいろと考えてくださってありがとう」

落ち込むマリアンヌの手にそっと手を置いた。

……確かに選民意識が強すぎるんだけど。下々の者は上の者に尽くして当たり前だと思っているのは我儘ではないんだよね。マリアンヌ自身もまた、上の者には誠心誠意尽くそうとしているのだから。だから、まぁ……嫌いにはなれないんだよね。

マリアンヌなりにできる限り貴族としての務めを果たそうとしているのだから……。

「わ、私、当たり前のことをしているだけですわ。……あの、では私はマナー実践の授業の内容をシャリアーゼ様にご報告いたしますわ！」

それはありがたいかもしれない。マナー実践ではプチ社交界みたいなものが行われたりするのよね。誰と誰が親しげに話をしていたとか。誰の噂話をしていたとかも気になるし。

「助かりますわ。ありがとうマリアンヌ様」

「任せてくださいませ！」

「さぁ、せっかくのお食事が冷めてしまいますわ。いただきましょう」

熱々だった子羊のシチューは食べやすい温度になっていた。

「まぁ、なんて柔らかなお肉なのでしょう。噂にたがわぬ美味しさですわね」

「本当ですわ。いくら子羊とはいえ、どのように調理したらこれほど臭みもなく柔らかくできるのでしょうね」

「私、学園生活が不安でしたけれど、美味しい食事を毎日食べられるだけで、やっていけそうですわ！」

うん。普段それなりに美味しいものを食べている私たちでさえ、感動するほどの美味しさだ。

食堂を見回すと、あちこちで料理に感動している生徒の姿が見える。

ミミリアはと思って探すと、辺境伯令息のキリア様の隣に座っていた。

……あら？　一緒に食事をとるほど親しくなったのかしら？　入学式で隣に座った時が初対面だったのよね？　いつの間に？

食事を終えると、食器は自分で返却口まで持っていくシステムだ。

ミミリアは、まだ食べかけにも見える食器を載せたお盆を持ち上げて返却口に向かった。

……こんなに、美味しいのに。３分の１は残していたわね。小食なのかしら？

それとも、食事のマナーができていないので人前であまり食べられないとか？　そういう生徒もいると聞いたことはある。周りの人に笑われながら食事をするのが苦痛になるとか。……

笑うくらいなら教えてあげればいいのに。

「あっ」

「どうかなさいましたか？」

「い、いえ」

思わず声が出てしまった。

ミミリアは何もないところで躓いて転ぶようなおっちょこちょいだ。

お盆を運ぶなんて、大丈夫かしらと思っていたら案の定躓いた。ふらついた。残ったシチューを誰かの頭にぶちまけちゃうっ。と、声を上げてしまったのだ。

だけど、その場にいた侯爵令息のレイド様がミミリアを支えて事なきを得た。

全く、何をやっているんだ、気を付けろというようなことを言われているのかな？　と思ったら、レイド様はミミリアのお盆を手に取り返却口へと歩き出した。

ミミリアが小走りにそのあとを追う。

ありがとうございますとお礼を言っている。それから2人で数分会話を続けていた。

どうも「お礼をさせてください」「いやこれくらい大したことじゃない」「でも、助けてもらってばかりで」「気にするな」みたいな会話なのかな。

助けてもらったお礼をしようとするんだから、やっぱりミミリアはいい子なんだよね？

昼食後は、解散だ。各自寮へと戻る。


「お帰りなさいませ、シャリアーゼお嬢様」

寮では侍女のメイが出迎えてくれる。公爵家のタウンハウスとあまり違いは感じない。

「お届け物は部屋に運んであります」

「え？　何？」

部屋に入ると、色とりどりの花が部屋のあちこちに飾られていた。メッセージカード付きだ。

『入学おめでとうシャリアーゼ。会えなくなるのがさみしいよ』

「まあ、お父様ったら。月に一度は帰るというのに。……今までだって、仕事が忙しくて何日も会えないこともあったのに」

呆れたようにくすりと笑うと、メイが殿下と逆ですねと別の花に視線を向けた。

メッセージカードには『入学おめでとうシャリアーゼ。毎日会えるな』と書かれていた。

「殿下……」

今朝も会ったばかりなのに。まさか花を届けてくれるなんて。

「この花の手配は誰がしたのでしょうね。シャリアーゼお嬢様の好きな花ですね」

メイの言葉にハッとする。

お父様から贈られた花は、今が盛りでしかも貴族に人気の種類の大輪の薔薇だ。

殿下から贈られた花は、聖女のベールと呼ばれる、白くてかわいらしいスズラン。

「今の時期に合わせて開花させるには、かなり前から手配しておかないと難しいですよね。殿下は随分前に、今日のために準備を始めたんですね」

メイの言葉をそのまま受け取れば、私が殿下に愛されているみたいに錯覚する。

「ねぇ、メイ。私がスズランを好きだと知っている人はあまり多くないわよね。殿下はなぜ知っていたのかしら？」

公爵令嬢という立場上、花を贈られる機会はそれなりにある。今日だってお父様と殿下以外からも入学祝いの花がいくつも贈られている。私の好きな花を贈ったかどうかで争いの種になることもあるので、好きな花の話をすることはほとんどない。

薔薇を見れば、美しい薔薇だと褒め、百合を見れば、香りも好きだと褒める。ドレスを花にたとえることも多いため、下手に「深紅の薔薇は毒々しくて苦手」なんて言ってしまえば、深紅の薔薇のようなドレスを着ているご婦人を貶めたと思われてしまう。それで本当に花の好き嫌いに関する発言には慎重になっていたはずだ。

お父様すら、私の好きな花を知らないくらいだ。

「どうしてって、お茶会の時に話をしていたじゃないですか」

そうだっけ？

メイはお茶会の時に常に控えていたから、私が忘れた会話も覚えていたりする。

「あの日、お茶会のカップの模様がスズランだったので、話題にして」

メイの言葉で思い出した。

「話をした私自身が忘れてしまうくらいさらっと流した話題なのに……」

よく覚えているよね、メイ。

「そうですね。会話に少し出てきただけなのに、シャリアーゼ様の好きな花を覚えていて贈るなんて殿下に愛されていますよね」

「メイ、本当にそう思っている？　こいつでいいと言って決められた婚約者って知ってるよね？　それに、殿下はスズランの名前も知らなかったのに、わざわざ花の種類を指定して指示するとは思えないのだけれど……」

メイがあっと口を押さえた。

「……確かに、スズランと百合の違いも……。薔薇も色の違い以外に種類があることをご存じなかったようですし……ということは」

メイが口を引き結んだ。

殿下とのお茶会で私たちの会話を聞いていて、私がスズランを好きだと知り花を手配したのは……。ジェフかも……。メイも思い至ったのだろう。季節外れの花を、入学式のお祝いに贈るために、早くから準備をした。花屋との打ち合わせ……いや、王宮の庭師だろうか？

別に、薔薇の花を贈れば十分なのに……。王宮に咲く薔薇ならば、他のどの場所よりも美しい薔薇が手に入るのに。

ジェフ。殿下と私のために、こんなにも気を配っていろいろしてくれていたのに……。

なぜ……殿下に毒を……。不満があれば言えばよかったのに。殿下は何を言われたって激高して理不尽な処分を下すようなことなんてしないの、ジェフだって知ってるよね。

本当に、ジェフはそもそもどうして殿下を毒殺しようとしたのよ！

妹のためと言っていたけれど、もう亡くなってしまっている妹のためなんて意味が分からない。納得なんてできるわけない。

もしかして、妹のためと言いつつ、本当の理由は隠していた？　誰かに殿下暗殺を依頼されていたとか？

いいえ、でもそんな依頼を受ける意味も分からない。子爵令息であるジェフにとって、殿下の側近は大出世だ。のちに陛下となる殿下の信用を勝ち取れば、爵位が上がる可能性も高い。

将来的には、私の父の宰相の座を手にすることもあるだろう。そんな将来を棒に振ってまで、悪事に手を染めるメリットって何？

脅されていた？　妹のためという言葉が本当であれば、妹のことで脅されていた？　亡くなった妹の名誉を守るためとか？　いっそ殿下が憎かったって言われれば考えずに済むのに。

深刻な顔で考え事をしていると、メイが私の手を握りつぶやいた。

「ジェフ……スズラン……根に毒を持つ花を贈るなんて……」

スズランの毒。そうだ。

華やかな薔薇には棘があり、清楚なスズランには毒がある——って言われるんだった。

いや、でも薔薇は贈るし、スズランもカップの模様やハンカチの刺繍、レースにも使われる人気のモチーフで、毒があるからと避けられるようなものではない。でも殿下を毒殺しようとしたジェフが手配したとなると、何か意味があるのだろうか。

私が好きな花だから選んだのではない、理由が。

「大丈夫ですよ、シャリアーゼ様。ジェフはもういません」

でも……。ジェフはもういないと言っても、もし、ジェフが誰かに脅されていたとしたら。

脅していた犯人はまだどこかにいる。

ぞくりと背筋が寒くなる。

手に視線を落とすと、寿命に変化はない。14年のままだ。増えてはいないけれど、減ってもいないことに安堵のため息を漏らす。

大丈夫。残り3年になった時も運命を回避できたのだから。

ミミリアは予知で私が死ぬ未来を見たようだけれど……。それは避けられた。

また寿命に変化があれば、回避すればいい。

そのためには……。やっぱりミミリアとは親しくなって、少しでも予知してもらえれば助けになるかもしれない。同じクラスになれたのは運がよかった。

幸先(さいさき)のいいスタートじゃないかな？

4章　お土産事件

次の日。

「シャリアーゼお嬢様、殿下がいらしています」

朝から殿下が私を迎えに来てくれた。

ゆっくり歩いて15分、馬車で5分の距離の校舎へ一緒に行こうということらしい。

「おはようございます、殿下」

「おはよう、シャリアーゼ。馬車にする？　歩いていく？」

殿下の背後には馬車が準備されていたけれど、私にどちらがいいかと尋ねてくれた。

「このあたりのことを知りたいので徒歩で。いろいろ教えていただけますか？」

「ああ。もちろん。俺の入ってる王族の寮はそこだ」

殿下が私の生活する公爵専用寮の南側に建つ、専用寮としてはひときわ立派な2階建ての建物を指さした。

「ふふ、それは知っておりますわ。私の寮の両隣は他の公爵家の専用寮。北側に立つのは侯爵寮ですわね。あちらの大きな建物が合同寮」

合同寮は校舎から近い位置にある。馬車の使用が認められておらず、徒歩で移動しなければならないため校舎に近いのだそう。あと、人の移動が多い校舎周辺の喧噪を避ける意味でも王室専用寮は校舎から離されている。

「ん、ああ。そうか。案内と言ってもなぁ……」

殿下と腕を組んで歩く。

膨らんだスカートでないため、いつもよりも腕を組んだ殿下との距離を近く感じ、少しドキリとした。

「何が知りたい？」

殿下が私の顔を見ると、やっぱり距離が近く感じてびっくりする。

変なの。お茶会では、寿命を見るためにどこかに触れるのは当たり前だったし、馬扱いでハグされることもあったのに。

今さら腕を組むだけでどぎまぎするなんて。人目がある外で、これほど近い距離で接する機会が今までなかったからかな？

「あ、あの、花」

ドキドキを紛らわすために話題を探す。

「花？」

「入学祝いのお花、ありがとうございました」

殿下がちょっと緊張した表情を見せる。

「気に入ってくれたか？　その……薔薇がよければ薔薇も贈るけど、薔薇なら他の者も贈るだろうと思って……」

殿下の言葉にドキリとする。ジェフじゃなくて、殿下がスズランに決めたということ？

「あの、殿下が聖女のベール……スズランを選んでくださったのですか？」

「スズラン？　そう、確かそんな名前だったかな」

名前も覚えていない？　となると、やっぱりスズランを選んだのはジェフ？　殿下は薔薇以外の花というざっくりとした選択をしただけで……。

毒の花をあえて選んだのはジェフっていうこと？

「シャリアーゼがカップの模様を見て、好きな花だって言ってただろ？」

「覚えていてくださったのですか」

心臓がきゅんっと跳ねる。

こうしてちょっとした会話から好きな花を覚えていてくれて、それを贈ってくれるなんて。

メイの「殿下に愛されていますよね」という言葉を思い出して頬が熱くなる。

「婚約者なんだから、それくらい当たり前だろう」

熱くなった頬は、すぐに殿下の言葉で冷えた。

そうか。殿下にとっては婚約者としての務めでしかないんだ。

政略結婚とはいえ、良好な関係を築くための努力。そこに愛がなくても。

たとえ、私が相手ではなくても……。殿下は同じように誠実に婚約者の好きな花を贈り、婚約者に笑いかけ、婚約者と一緒に腕を組んで歩き、婚約者と……。

ずきずき痛む心に、もう自分の気持ちをごまかせないんだと自覚する。

私……殿下のことを好きになりかけている。

駄目だ。これ以上好きになっては駄目。

「側にいられれば死んだって構わない」と、物語の主人公たちは時に口にする。

そんな風に考えてしまうようになるのが怖い。だって、私には見えるのだ。

側にいたら死ぬ、離れたら生きられる……と、そんな運命も寿命が見えることで分かる。

もしそうなった時に、「あなたと一緒にいられないなら死んだ方がマシ」なんて一時の愚かな感情に支配されてしまったら……。

怖い。死にたくない。

殿下を好きになっては駄目だ。他の人と違う。殿下は、私の寿命を大きく変える存在だから。

やっぱりいち早く殿下には「真実の愛」を見つけてもらわないと。

私が死んだあとに寂しくないようにというだけじゃない。私が殿下を好きになりすぎないように……。さすがに他の女性に心が動いている殿下にこれ以上心を乱されることはないだろう。もしかしたら私のことを好きなの？　と勘違いしてしまうこともなくなるだろう。

「で、どうだった？　昨日は」

「ええ。素敵なクラスでしたわ。嬉しい出会いもありましたし。学園生活が楽しみです」

思いがけずミミリアと同じクラスになれた。未来予知ができるという特別な令嬢に。

殿下の腕がピクリと動いた。

「嬉しい出会い？　担任が近衛騎士に変わったことか？」

「え？」

「奴は有能な上に、顔もいい……俺と違って大人の魅力もあるからな……楽しみにするのも分からなくないが……」

「そうなんですね。殿下はやはりロー先生のこともご存じだったんですね。お茶会で殿下の護衛に立っているところを見たことがなかったので」

「それは、近づけたくない奴だから……遠ざけてたのに、まさか学園で……」

殿下が顔を背けて小さな声で何かをつぶやいた。

「そんなことより、聞いてください殿下」

「ん？　ローはどうでもいいのか？　どういう人間か聞きたいとかないのか？」

「有能であるのでしょう？　殿下がそう言うのですから、他の情報は必要ありませんわ」

「いや、好きな食べ物はなんだとか、何歳だとか、婚約者はいるのかとか……」

殿下の言葉に、ああと頷く。

「ありがとうございます殿下。確かに女生徒たちが先生にいろいろと質問しておりましたわ。その情報を私が知っていれば、確かにクラスのご令嬢との親睦を深めるのに役に立ちそうですわ。そこまで考えてくださっているのですわね」

殿下は私がクラスで孤立しないようにと気を使ってくださったのね。それなのに、そんなことよりなんてぶっきらぼうに話の腰を折ってしまうなんて……。

「シャリアーゼは、その、個人的に興味を持ったりはしないのか？」

殿下が嬉しそうな顔を私に向ける。私が殿下の意図に気が付いたことが嬉しいのかな。

「はい。それよりも、聞いてくださいませ、殿下。ファストル男爵令嬢のミミリアさんのことを」

「え？　シャリアーゼもか？」

私も？　殿下は何を言っているの？

「彼女のことなら聞いている」

「そうなんですね。すぐに殿下の耳にも届いているんですね。さすがに特別な存在ですものね」

予知ができるなんてすごい話だもの。

「何も特別なんかじゃないさ。確かに顔はかわいいらしいが、特別というほどでもないだろう？」

あれ？　容姿の話がどうして出てくるの？

「どなたからお聞きになったのですか？」

「いや、レイドからは朝に荷物を拾って、昼にお盆を落としそうになるのを助けたら、しつこくお茶に誘われたって聞いたぞ。お礼をしたいって言って。それからキリアは、入学式で隣に座っただけなのに親しくなったつもりでなれなれしく話しかけられたと言っていた。ローも先回りされたかのように何度も遭遇して気持ちが悪いと……あとは、俺がいなかった時に生徒会室にも現れたってハンブルジュが言っていたな。あんたしかいないの、がっかりと言って、すぐに立ち去ったらしいけど」

えーっと……予知の噂を聞いたわけではないの？

「シャリアーゼも何かされたのか？」

「いえ、何から話せばいいのか……。彼女、予知ができるのです。未来が見えるそうなんです」

殿下が足を止めた。

「それは……本当なのか？」

殿下は驚いているようだ。普通ならそんなことあるわけないと一蹴するところ。

クラスメイトたちも初めはそんな反応だった。ただ、ミミリアが見事に先生が変わるのを予知したことで、信じるようになったのだ。

殿下の驚いている様子を見ると、こんな突拍子もない話を信じているようだ。もしかすると王室に伝わる本に書いてあったりするのかな？　王室以外知らない情報を持っているとか。

「え、ええ。先生が怪我をして代理として近衛騎士が来ることを予知してみせたの」

殿下が少し考え込むような顔をする。

私が信じた理由は、別にある。殿下との婚約を選ばなかった先にあった、残り3年で死ぬ未来を知っていたからだ。回避したから、起きなかったけれど、起きた可能性のある話。誰も知るはずのない幻の未来を知っていた。……でもそのことを殿下に伝えるわけにはいかない。

寿命が見えることを言えないのだから。

「……確かめた方がよさそうだな……他に、何か予知していなかったか？」

首を横に振る。

「聞いてみますわ」

「ああ、頼んだ」


……と、言ったものの。

教室に入ると、ミミリアは多くの生徒に囲まれていた。昨日の帰りと同じ状態だ。

「新しい予知は何かございましたか？」

「もしかしたら、俺とデートする未来が見えていないかい？」

純粋に予知に興味がある生徒から、デートに誘いたい男子生徒まで様々のようだけれど……。

とても割って入って近づけそうにない。１人になるのを待って話しかけた方がよさそうね。

「あー、シャリアーゼ……様！」

ミミリアが私の姿に目を止めると、駆け寄ってきた。

「ちょっと、どういうことですか？　シャリアーゼ様が皇太子の婚約者って。予定が狂うじゃないですかっ！」

は？

「えーっと、予定とは？」

「あ。いえ、未来です。予知で見た未来と違うので、その、予知の精度が……その……」

なるほど。未来は変えられる、一つ変えると、その先の未来も変わってしまう。だから、見た予知がハズレてしまうということ……なのかな。

「あの、もしかして私が生きていると、何か問題があるのかしら？」

ミミリアが、んー、と両目を閉じて瞑想する。

「そうね、大丈夫。私は特別だから。マリアンヌの断罪はなくなるけれど……」

「マリアンヌの断罪？　え？　どういうことなの？　マリアンヌ様が何をするというの？」

ミミリアが首を横に振った。

「だからぁ、皇太子殿下の婚約者の座を欲した侯爵家が、シャリアーゼ様と宰相を事故死に見せかけて殺す予定だったの！　それを私が暴くはずだったのよ！」

「え？　マリアンヌ様が、私を殺すつもりだった……？」

ミミリアがしまったと口をふさいだ。

「あ、結婚するまではまだ婚約者を入れ替えることはできるんだっけ。もしかしたら学園卒業までに殺害計画が実行されたかもしれないのに。ここで言っちゃダメだったんじゃ……」

ちょっと待って。

もしかして昨日言ってた、皇太子殿下の婚約者が私を殺したっていうのは、私が私自身を殺めるわけではなくて、私が死んだ未来では皇太子殿下の婚約者になっていたマリアンヌが私を殺したって話？

マリアンヌが私を？

過去に殺そうとしていた？

ジェフみたいに、私を裏切って、今も殺そうとしている？

マリアンヌには近づかない方がいい？

「あっ」

マリアンヌと距離を置こうかと思った瞬間、寿命が点滅を始める。

点滅なんて初めてのことだ。14と2とが点滅している。

どういうこと？　距離を置かない方がいいということ？　私に本気で距離を置くつもりがないから？

マリアンヌには問題もいろいろあるけれど。でも、彼女には彼女なりに信念があり、自分の信念に恥じるようなことはしないと徹底している。「上の者には誠心誠意尽くす」、裏切るようなことはしないと思っている。

信じる。私はマリアンヌを信じて距離を置かない。

そう心に決めると、寿命の点滅が止み14のままになった。

マリアンヌを側に置いても寿命は変わらない。

つまり、やっぱりマリアンヌが私を裏切ることはない……ということじゃない？

「ありがとう、ミミリアさん。教えてくれて」

「へ？　え、ええ。えーっと、そう、私は予知ができるんだもの。予知を人のために役に立てるのは当たり前よ！」

えっへんと胸を張るミミリアの手を握る。

あれ？　マイナス15だった数字がマイナス16になっている。たった1日で何が？

「ミミリアさん、もしかしていつもと違う日では？　たとえば誕生日だとか」

ミミリアがハッと目を見開く。

「何それ。どこで聞いたの？　私が生まれた日は母が亡くなった日。だから誰にも祝われない。血のつながった父にも叔父からも。祝いのカード1枚届かないのに……」

まさか！　ミミリアが生まれたことで母親が亡くなったの？　だから、母の死から数えてマイナスに表示されているということ？　いや、母親の寿命が表示されるわけはない？

もしかしてミミリア自身が出生時に一度心臓が止まり……死んで息を吹き返したとか？　その日から16年で、マイナス16？　20歳になった時にはマイナス20とでも表示されるってこと？

……ということは、ミミリアの残りの寿命は、いくら私が触れようと見えることはない。

……あと何年で死ぬんだと考えずに付き合えるってことだ。思わず喜びそうになった顔を引き締める。

ミミリアは、傷ついているのだ。なんと言葉をかけたらよいのかと思って顔を見ると、にこりと笑っていた。

「ふふ、でも、私は特別だったんだから仕方がないわ。父も叔父もちゃんと私のことは考えてくれていたのよ。悪いのは養父。そのうち予知通りにひどい目に遭うでしょ。自業自得ね」

え？　養父？　ミミリアは、ファストル男爵家の実子ではないということかしら？　お産で母親が亡くなって、育てられる人がいるところに出されたとか？　なんだか複雑そう。

もしかしたらファストル男爵家では、実子ではないと理不尽な扱いを受けてきたのかな。苦しんできて……で、ある日予知能力があると知り「自分は特別だ」と思うことでその境遇に耐え、いつか訪れるはずの未来を希望に生きてきたのかもしれない。

辛い幼少時代を送ってきたのかもしれないと思うと、ちょっと涙がにじむ。幸せになれるといいね。

「それで、シャリアーゼ様は、皇太子殿下に近づかないようにと私に釘を刺すんですか？」

「いえ……。殿下と近づくのは悪いことではないでしょう？」

予知能力があるのだ。殿下の……国の未来の救いになるだろう。対立するよりも仲良くなった方がいいに決まっている。

「はぁ？　婚約者に近づく女なんて、排除してなんぼじゃないんですか？　普通はそうでしょう？　シャリアーゼ様は婚約者である皇太子殿下に近づこうとしている私に、生意気だとか、身の程をわきまえなさいだとか言うんじゃないの？」

皇太子殿下に近づこうとしている？

「えっと、もしかして……殿下のことが好きなのでしょうか？」

側室になりたいとか？

もしかしたら私との婚約を解消させて自分が婚約者になりたいとか？

「は？　何よ、誰を好きになろうと関係ないでしょ！」

いやいや、関係あるでしょう。婚約者である私はめちゃくちゃ関係者。

目の前で顔を真っ赤にして怒っているミミリアを、じろじろと失礼と言われそうなほど見つめる。

とてもかわいらしい容姿をしている。男爵令嬢と位は低いけれど、予知能力を持っていることで、男爵令嬢でも問題はないとされるでしょう。

寿命は見えない。もしかしたら、ミミリアが殿下の真実の愛の相手になるかもしれない。長生きしてくれるのかな？

あれ……。また私の寿命が点滅を始める。今度は14と65の数字の点滅。

寿命が戻る？

「ミミリアさんが殿下と親しくしたいのであれば、お手伝いいたしますわ」

「はぁ？　馬鹿にしてるの？」

え？

「余裕をかましていられるのも今のうちなんだからっ！」

なんで？　何が原因で怒らせてしまったというの？　怒らせた瞬間、私の寿命の点滅は14と1になったような気がする。一瞬だったけれど。

ミミリアは怒って去っていった。

どういうことだろう。

ミミリアを怒らせてしまうと、なぜ私の余命が1に？　予知で防げる何かをしてもらえなくなるとかだろうか？

今はもう、14年で点滅はしていない。

ミミリアと関わることで、私の寿命に変化が見られるのか、それとも、点滅して表示されるもう一つの数字は、私ではなくミミリアの数字？　ミミリアはマイナス表示で寿命が見えない。その代わりに私に点滅という形で現れている？

全く分からない……。

「困ったわ……なかなか接触するチャンスがないのよね……」

入学から3カ月が経った。

「ごめん。もっとシャリアーゼと過ごしたいのだけれど。思った以上に生徒会の仕事が忙しくて……」

目の前でシチューを口に運ぶ手を止めて殿下が謝った。

「いえ、殿下のことではなく……」

っていうか、殿下とは毎日のように顔を合わせてますよね？

朝はよほどのことがない限り一緒に校舎に向かってますし。

昼食を一緒にとることはできないけれど、週末の2回に1回は夕食を共にしている。十分だよね。ほぼ毎日接触できてますよね？

「え？　俺のことじゃなくて、誰の話だ？」

「ミミリアさんですわ」

殿下がふんっと鼻で笑った。

「ああ、あの変な女か」

変な女？　それは面白い女ってこと？

それって、恋愛小説でよく出てくる「今まで周りにいなかったタイプ」で、「ちょっと気になる」ところから「恋愛」に発展するというパターンの「面白い女」？

殿下の口からミミリアに対してそんな言葉が出るってことは……。

「殿下はミミリアさんのことを気にしていらっしゃるのですね？」

殿下がはっと目を見開いた。

「違うぞ、違う。シャリアーゼ。俺はあの女と会って話をしたいわけじゃない！」

え？

「会って、話をしていらっしゃるのですか？」

知らなかった。私はミミリアとなかなか話をする機会が得られないというのに。殿下は話をすることができるなんて！　ずるい。

ミミリアは教室では多くの生徒に囲まれているから近づきにくいし、1人でいるところを見かけて声をかけようとすると私を睨んで逃げていくし。

……やっぱり、理由は分からないけれど怒らせてしまったのが原因なのかしら。

確か、誕生日の話をしたあとに怒ったんだっけ？　いいえ、殿下と親しくしたいのなら手伝うと言って怒らせたんだっけ？

なるほど。余計なお世話だったたってことね。しっかり殿下と会話をする仲になっているなら……。

「もしかして、嫉妬か？」

殿下がちょっと嬉しそうな顔をする。

「ええ……少し」

殿下だけミミリアと仲良くなれてずるいと思ったのは確か。

「そうか、シャリアーゼは嫉妬しているのか。そうか……」

殿下がさらに嬉しそうな顔をする。

何？　勝ち誇って喜んでるってこと？　むっとすると、殿下が私の手を取った。

「安心してくれ」

あ、寿命が延びた。14年だった私の寿命が15年、16年。ぴこぴこと2年も延びた！

「いつも生徒会室の前で待ち伏せしているが、部屋に入れたことはない」

「生徒会室の前にミミリアさんはいるの？　それはいつ？　お昼休みの前ですか？　1人でいるのですか？」

「ああ。そうだ。もう来るなと言っても、他の生徒は素直に従うがあの女だけは何度言っても生徒会室の前にいる。一緒にお昼を食べようとしつこくて困っている。シャリアーゼとすら一緒に昼を食べられないというのに」

1人！

教室では常に周りに人がいて声をかけづらいけれど、昼休みに生徒会室前に1人でいるのね！　それなら声をかけやすい。

……けれどまた逃げられる？　殿下とお昼を一緒に食べたいのであれば……。

「殿下！　ご迷惑でなければ、お昼を生徒会室でご一緒しても構いませんか？」

殿下が驚いた顔をしている。

さすがにいきなりすぎたか。

「やっぱり迷惑ですよね……」

「いいや。シャリアーゼがそんなに俺といたいと思っているとは。仕事をしながらの食事で落ち着いて食べられないが、それでも構わないなら」

やった！

「仕事の邪魔にならないようにいたしますわ。他の生徒会の方々と殿下は仕事をしていてください。私はミミリアさんと片隅で食事をとりますので」

むしろ、殿下たちと一緒じゃない方がミミリアといろいろ話ができるというものだ。

「は？」

「え？」

殿下がぽかんと口を開いた。なぜ、どこにそんな驚く要素が？

だって、仕事の邪魔しちゃダメだよね？　仕事があるから食堂にも足を運べないのに……。

「どうしてあの女と食事を？　……まさか、俺に近づくなと言うためか？」

逆だよ、逆。

「やめておけ。あの女は頭がおかしい。予知ができるなんて話も調べた限り怪しい」

「ミミリアさんの予知を疑うのですか？　彼女の能力は本物です」

殿下が首を横に振った。

「いや。先生が交代する話以降、何も予知していないんだろう？　そう聞いている」

確かに、この3カ月は特に何も予知していないらしい。女生徒は次第にミミリアに予知を期待するのは諦めて近づかなくなった。今では予知能力というよりは、彼女自身に興味がある男子生徒が主に教室で取り囲んでいる。

「予知はコントロールできるものではありませんでしょう？　そんなに頻繁にできるわけでもないと……事実、先生が交代することは言い当てたわけですし」

殿下がふっと小さく笑った。

「シャリアーゼは優しいな。嘘つきだと思いたくないのは分かるが。先生の交代も、知っていただけだろう？　あの日最後に教室に入ってきたと聞いている。大方、先生が怪我をして代わりの教師の派遣をどうするかという話を聞いてから教室に来たんじゃないか。それを予知だと言っただけだろう」

「違うっ」

思わず強い声が出る。

「シャリアーゼ？」

殿下が首を傾げた。

「どうして、そこまでしてかばおうとするんだ？」

「あの、その……わ、私は、彼女は本当に予知ができると……信じて……えーっと、話をしてみたいと思っているのですわ」

言えない。彼女は、誰も知らない、もしかしたらあったかもしれないもう一つの私の人生を言い当てた。

私がお父様と、13歳の時に事故死……いいえ、事故死に見せかけて殺されていたかもしれないことを。

回避した誰も知らない出来事。彼女は予知で見たのだろう。その予知は私が寿命を見て回避した。もし寿命が見えなかったら回避できずに……現実になっていたはずだ。

「なるほど。予知に興味があって信じたいのか。だから昼食を一緒にとろうと……確かに食堂では落ち着いて一緒に食事はとれないだろうな。分かった。生徒会室の奥の談話室を開けておこう。予知を聞き出せなければシャリアーゼも関わろうと思わないだろう」

殿下はミミリアを疑っているようだけれど、これで1つか2つ予知を当てることができればすぐに信じるようになるだろう。

人は、疑いが晴れると、深く信じるようになるという。むしろ、それを知っている詐欺師(さぎし)は、初めはちょっと疑わせてから信じさせるという技を使うっていうし。

いや、別にミミリアが詐欺師だと言っているわけじゃないよ。


次の日、教室に入ると、マリアンヌの姿があった。

クラスが違うのにどうしたことだろう？

「シャリアーゼ様、ご機嫌よう。これを渡したくて。お土産(みやげ)です」

「お土産？」

マリアンヌが綺麗な布で包まれた手の平サイズのものが5つほど入った籠(かご)を、私の目の前に差し出す。

「一番に選んでいただこうと思って」

大小の包みのサイズは様々だ。中身は何だろうか？　お土産だと言っているのに、中身を尋ねるのは無粋かな。

「では、この」

真ん中の大きさの包みにしようと指をさしかけて、手に映る数字が目に飛び込んだ。

０。

は？　この土産を選ぶと私は死ぬの？

別のにしようと思って指の向きを変えてみる。

０。

どういうことかと首を傾げると、籠を持つマリアンヌの手が震えているのに気が付いた。

「中身は何かしら？」

平静を装い、マリアンヌに尋ねる。

びくりとマリアンヌの肩が跳ねた。

「そ、それは……」

マリアンヌが口ごもる。

おかしい。明らかに変だ。マリアンヌは自分のセンスに疑いを持つことはない。身に着けているものもそうだけれど、こうして人にお土産として手渡そうとするものに関しても同じ。自慢げに「この品はどこどこの有名ななんとかの」とか、「半年前から予約しないと手に入らないなんたら」とかペラペラと話をするはずなのに。

毒の入った食べ物？　それとも包みを開けると毒針が刺さる？　それとも、包みの中に毒を持った虫でも入っている？

「マリアンヌ様のおすすめは？」

5つの包み。皆の前で選ばせる。

他の4つを選んだ人は無事だったのだから、偶然だ。毒は自分のせいじゃないとの言い訳作りだろうか。

笑顔を張り付け、マリアンヌの手に触れる。

0。

マリアンヌの寿命も、0だ。長生きマリアンヌが！　死ぬ！

これを私に渡すと死ぬの？　公爵令嬢殺害の罪で処刑されるのかしら。

じゃあ、受け取らないわ。

……あ。私の寿命は戻った。マリアンヌの寿命は、戻らない。口封じされる？

……私はマリアンヌを信じると決めたんだ。マリアンヌは私を殺そうとする犯人じゃない。

「あー、困ったわぁ。1つなんて選べないわ。マリアンヌ様、全部いただいてもよろしくて?」

あなたの作戦は失敗よ。1つだけ皆の前で選ばせることはできないのよ。

教室にいる皆に聞こえるように大きな声を出す。

マリアンヌの震えは大きくなり、籠を取り落としてしまった。

「まぁ! せっかくのお土産が! ねぇ、マリアンヌ様、まさか公爵令嬢の私に、落としたものを手渡すなんて外聞が悪くてできませんわよね?」

落としたものを渡すのは失礼だというのは、さすがにクラスメイトたちも納得できる理由だろう。

もし中身が食べ物ならばなおさらだ。いくら包まれているからと、王族に同じことができるのかといえば否。それはすぐに皆が理解できる話で。

マリアンヌが目に涙を浮かべている。

「シャリアーゼ様、申し訳ありません……わ、私……」

マリアンヌが崩れ落ちるように床に膝をついた。俯いた顔から涙が落ちる。

「せっかくのお土産を受け取ってあげられなくてごめんなさいね」

誰に頼まれたのか知らないけれど、今回はただの失敗。バレたわけではない。口封じもする必要はないわよ、マリアンヌを殺そうとしている犯人!

声をかけながらマリアンヌの肩に手を置く。

0だ。まだ、0。失敗したとして処分されるわけ？　わけが分からない。

「また、持ってきていただける？」

マリアンヌの肩が揺れる。

寿命は0のままだ。ごくりと唾を飲み込む。

「楽しみにしているわ」

マリアンヌに命令をした人の仲間がどこにいるのかは分からない。教室にいる？　この様子を見てる？　マリアンヌが再びお土産だと何かを渡そうとしても不自然じゃないわよ？　作戦は続行。仕切り直し。そう判断しなさい。口封じでマリアンヌを殺させないわよ。

マリアンヌにはまだ利用価値がある。そう思いなさい。

そうすれば、時間が稼げるはずだ。

0になったからといって今日明日ではないと思いたい。

マリアンヌは分かりやすい。自分より上の者への忠誠心は強い。私を裏切るはずはない。震えていた。

マリアンヌはしたくてしたわけじゃない。そんなのはすぐに分かった。脅されている？　それとも私よりも立場が上の者に命じられて仕方なく？

でも、公爵令嬢で皇太子殿下の婚約者である私より上の立場の人間なんて王族しかいない。殿下に、陛下に、王妃様、王弟殿下。たった4人しかいない。

もし、殿下に弟か妹が生まれたり、王弟殿下に子供が生まれたりすれば増えるけれど……。

「む、無理です……わ、私……」

マリアンヌの言葉を遮る。ダメ。口封じされる可能性があるのだから。利用価値を示しなさい。

「すぐに同じものを用意するのは大変でしょう。そうね、3カ月差し上げるわ。3カ月後に同じものを準備して持ってきていただける？　楽しみにしているわ」

3カ月後に受け取ると、私が言ったことを見てる？　マリアンヌを脅している犯人。口封じは延ばしなさいよ。その間に、犯人を捜してマリアンヌを助けなければ。

お昼になり、いつも食堂で一緒に食事をしているハンナに、今日は殿下と昼食をとると告げてから生徒会室に移動する。

途中の廊下で殿下と合流する。迎えに来てくれたのかな？

「シャリアーゼ」

殿下が幸せそうな顔で私に手を差し出した。

校内でエスコートする必要はないけれど、せっかくなので手を取る。

さっき、私の寿命が0になったばかりだ。マリアンヌが籠を落とした時点で戻ったけれど。何がきっかけで変化があるか分からない。

私自身もそうだけれど、殿下も。

そういえば、マリアンヌからもらったお土産が食べ物だったとして……もし生徒会室で食後に皆で食べるようなことがあれば、殿下も危なかったのでは？

私からなら殿下も油断して毒見を忘れて口にしてしまったかもしれない。私の手から食べるの好きだし。

殿下……時々食べさせてくれと口を開けて待っていることがある。何が楽しいのか分からないけれど……。餌付けではないと言っていたし、疲れて手も動かしたくないのだろうか？

……もしかして狙いは私じゃなかった？

犯人はマリアンヌと私という2人の手を介して、殿下の命を狙った可能性があるってこと？

手に汗がにじんできた。

ジェフは妹のためと言っていたけれど……。ジェフが黒幕じゃなくて、さらに背後に誰かがいる？

……誰？　ジェフの亡くなった妹に関係する人物？　恋人だった人とか？　いや。でも、ジェフの妹が亡くなったのは殿下が生まれたか生まれないかというほど昔のことだよね。どうして殿下の命を狙ったりするの？　おかしいよね？　殿下がジェフの妹を殺してしまったわけじゃないのに。恨まれる意味が分からない。

ああ、でも一つ確かなことがある。

殿下もまだ安全じゃないということだ。

「あーっ、どういうことなの！　なんでシャリアーゼ様が生徒会室に来るのよっ！」

生徒会室が見えたところで、甲高い声が聞こえてきた。

「……来るなと言っているのに、どうしてミミリアが来ているのか俺には疑問だが」

「え？　やだ、殿下が私の名前を口にした！」

ミミリアがきゃっと嬉しそうに小さく飛び上がる。……貴族令嬢としてはしたない行動に殿下が小さくため息をつく。

「ミミリアさん、よろしければ昼食をご一緒いたしませんこと？」

すぐにミミリアに声をかけると、嫌そうな顔をされた。

「は？　シャリアーゼ様と？　なんで私が」

いや、予知の話をですね。

「嫌ならすぐに立ち去れ。そして二度と近づくな！」

ぎゃー！　殿下！　やめてよ！　私はミミリアと仲良くなって予知の話をしたいのに。

「え？　あれ？　殿下も一緒ですか？　ぜひ。シャリアーゼ様、ご一緒いたします」

殿下が小さく舌打ちする。

3人で生徒会室の奥の部屋に移動して着席する。

「「邪魔者め！」」

ん？　気のせいかな。同じ言葉が殿下とミミリアの口から同時に出たような？　気のせいよね。

昼食は食堂で提供されているものと同じだ。生徒会役員の誰かが順番にまとめてワゴンで運ぶ。運んだ者とは別の者が1品ずつ毒見をして殿下に提供される。

「一緒に昼食がとれて嬉しいわ。ミミリアさんとゆっくりお話がしたいと思っていたの」

私と殿下が座るソファの向かい側に、テーブルを挟んでミミリアが座っている。

「えー、もしかして、殿下に近づくなって言うつもりですか？　やだぁ、怖い！　殿下ぁミミリア何も悪いことしていないのに」

くねくねとミミリアさんが身をよじった。

「ミミリア、シャリアーゼにも俺にも近づくな」

殿下がミミリアにぴしゃりと言うと、ミミリアはくねくねをやめて私を睨む。

っていうか、私はミミリアと仲良くやっていきたいのに。もう黙っててくれないかな！

「ミミリアさん、近づくななんて言いませんわ。その、こうしてまた皆でお食事できるといいと思っていますのよ」

ミミリアが私に疑いの目を向ける。

「どうしてですか？」

「予知の話を聞きたいのよ」

「シャリアーゼ様も、私が予知できないって疑っているんですかぁ？　ひどぉい。私は本当に未来を知ってるのにぃ」

またくねくねし始めたミミリアに殿下がぴしゃり。

「言質(げんち)を取るけどいいのか？　俺の前で嘘をついたとなれば、ただでは済まなくなる。それでも予知ができると言うのか？」

「殿下！　もう、さっきから私とミミリアさんの会話を邪魔しないでください。私はミミリアさんの予知を信じているんです」

もう邪魔だから出ていってくれないかなぁ。

「私をかばうようなこと言って。いい子のふりして嫌な女。マリアンヌの方が悪役令嬢らしくて好感が持てるわ。なんで生きてるの」

奥歯をギリギリと噛みしめて、何かをつぶやいてミミリアが下を向いた。

「どうした、やはり予知ができるなどというのは嘘だったのか？　罰せられるかもしれないと聞いて恐れをなしたか」

もうっ！　殿下っ！

「分かりました。では予知……未来の出来事を今から紙に書いてシャリアーゼ様にお渡しいたします。……いつ起こるのか分かりませんし、起きないように先回りして防がれてしまえば、私が予知できることを証明できなくなってしまいます。ですから、未来が確定してから開封してください」

ミミリアが生徒会室で頭をひねりながら休み時間いっぱいを使って、何かを紙に書きつけている。それから折り曲げて封筒に入れ、生徒会の蝋を借りて封を施した。偽造できないように、封筒には日付を入れ、私とミミリアと殿下３人が署名する。

「はい、どうぞ保管してください。少なくとも今年中に起きると思います」

ミミリアが私に封筒を渡してから、殿下を見る。

「予知が当たったら、ミミリアのこと信じてくれますよね？　国のために予知が必要だって分かってくれますよね？」

殿下が渋い顔をする。

「未来など……分かるはずがない。そう、分かるものか……」

昼休みが終わり、私とミミリアは一緒に教室に向かった。同じクラスなんだから当然なんだけど。

「ミミリアさん、私は信じてるわ。ねぇ、この中に書いたことは聞かないわ。書いたもの以外でどんなことを予知してるの？」

ミミリアが不敵な笑みを浮かべる。

「私が王妃になるのよ」

え？

「って言ったら、シャリアーゼ様は信じますか？」

ミミリアが王妃に？

「ねぇ、もう少しその予知を聞かせて。私が婚約を解消してミミリアさんが殿下と婚約するということかしら？　それとも」

私が死んだあとにミミリアが後妻として殿下と結ばれる？　私は寿命が戻るの？　それともさらに減るの？　どうなる未来なの？

ぐいぐいと質問攻めにすると、ミミリアが私から距離を取った。

「し、知らないわよっ！」

焦って走り出し、教室に逃げるようにして入っていった。

貴族令嬢が走るなんてはしたないわよ。制服のスカートの裾が躍（おど）って、男子生徒たちの目が釘付けになっている。

……大丈夫かしら。もし、本当にミミリアが王妃になるのであれば、もう少しマナーを身につけないと。

教えた方がいいかしら？　今の関係では話を聞いてくれそうにない？　困ったわ。

あれでは殿下にふさわしく……。

「あっ」

私、何を……？

殿下にふさわしいとかふさわしくないとか、そんなことを考えるなんて！

真実の愛が殿下を救ってくれるならば、どんな人だっていいじゃない。

殿下が好きになった相手なら。

手を見る。

殿下が好きな人を見つけて私との婚約を解消したら……。

あれ？　数字がかすんで見えない。

視界がぼやけてる。

「授業が始まりますよ。教室に入りなさい」

後ろから来た先生に声をかけられる。

ハッとして顔を上げて振り返る。

「も、申し訳ございません、すぐに」

近衛騎士副隊長の代理教師が、美しい顔で私の顔を覗き込む。

「体調が悪いのか？　無理することはない。帰りなさい」

「い、いいえ、私はっ」

体調が悪い？　別に私の体調は悪くない。

「大丈夫な顔をしていないぞ。君はすでに身についてる内容だから授業に出なくても問題はない」

先生が私の頭を優しくぽんぽんと叩いた。

思わずくすっと笑いが漏れる。

公爵令嬢の私の頭をぽんぽんしちゃうなんて。……まぁ、学園では先生が生徒よりも上だから問題ないですけどね。実際こんな風に接することができる人はそういない。

「ありがとうございます。今日は、帰ります」

少し元気が出た。寮に戻ると、必要のない授業だから帰っていいと先生に言われたから帰ってきたということだけメイに告げる。

「せっかくだから少しゆっくりするわ」

着替えを済ませてベッドに横になると、すぐに眠ってしまった。


目が覚めると、頭がすっきりしていた。

体調……悪くなかったんだけれど、精神的に疲れていたのだろう。

マリアンヌが私に毒を飲ませようとしたこと。ミミリアとあまり仲良くできそうになかったこと。

これから、マリアンヌとはどう接していけばいい？　マリアンヌを救うにはどうすれば……。

寿命が０になったのが見えたのに知らんぷりなんてできない。

ミミリアは何かマリアンヌの未来を予知できないだろうか。何が原因で死ぬのかだけでも分かれば……。

「あ！」

ベッドから慌てて上体を起こす。

指先が震える。私……。

ベッドから降りて、机の引き出しに入れたミミリアが予知をした封筒を取り出す。

寿命なんて見えない方がいい。お母様が死んでしまうことが分かって、私は辛い思いをした。ミミリアは？　誰かが死ぬ未来が見えて、辛くはないの？　知りたくない未来。自分では変えることができない未来。……どうやって見えるの？

死ぬところを見てしまうのなら、どれほど辛いの？　予知してほしいなんて……。それは幸せな未来だけじゃない。人が死ぬところを夢で見たって辛いのに、予知で見るなんて。それが現実になった時に、ミミリアの心は……。

封筒の中にはどんな未来が予知されているのか。防げる未来ならいいけれど、防ぎようのない未来をミミリアが見てしまっていたら……。

予知を期待される人生はミミリアにとって幸せなのだろうか……。

「シャリアーゼ様、起きられたのですね。大丈夫ですか？　殿下が居間でお待ちですが……」

「は？　殿下が？　……えーっと、今日は夕食を一緒にとる予定じゃなかったわよね？」

首を傾げると、メイが苦笑する。

「学校を早退したと聞いて、心配して尋ねてきたのですわ。大丈夫でしたら、顔を見せてあげれば安心なさるかと……」

そういう訪問か！　寮生活だと、お互いの寮の行き来が容易だから、そんなちょっとした理由で訪問することもできるのね。

「ディナーじゃなければ、ドレスじゃなくても構わないわよね。……えっと」

寝ていたため柔らかな布でできた部屋着だ。ナイトドレスよりはしっかりしているものの、異性の目に触れていいような服ではないので、制服に着替えた。

居間のドアを開けると、ソファから立ち上がった殿下が両手を広げて私の前まで来た。

殿下の顔色は青く、昼食を一緒に食べた時から数時間しか経っていないというのにやつれて見える。

「私は大丈夫ですわ、殿下。ご心配をおかけして申し訳ありません」

ぎゅっと、それはもう、強く、痛いほどの力で抱きしめられた。

「よかった。シャリアーゼが無事で。体調不良で早退したと聞いて……毒でも盛られたのかと……！」

そうか。殿下は今まで何度も毒の恐怖にさらされている。体調が悪いと聞けば、それだけで真っ先に毒を思い浮かべてしまうほどに。

「大丈夫ですよ。私は毒には詳しいんです。すぐに分かります。ほら、苺ムースの時だって、匂いですぐに気が付いたでしょう？」

本当は全然詳しくなんかないけどね。

「ああ……そうだった……」

自嘲気味な笑みを含んだ声で、殿下がつぶやく。

殿下が私に回した手を緩め、そして離れた。

離れる一瞬に見えた殿下の余命は1。私は65になってる。

これって……。前にもあった。

そうだ。殿下が婚約を解消すると、私の寿命は戻るけれど、殿下が死んでしまうというやつだ。

「殿下……まさか、私との婚約を解消しようと考えていませんよね？」

殿下が体を固くした。図星なんだ……。

「どうして、そんなひどいことを」

口にしてハッとする。

ひどいこと？　ひどいことだと私は感じてるの？　それは、殿下と婚約を解消したくないから？

「俺のせいでシャリアーゼが死んでしまったら……俺と婚約したせいでシャリアーゼが危険な目に遭うなら……」

どうしよう。死にたくないし、死なせたくないし、殿下を苦しめたくないし……。

「ひどいですわ、殿下。私を笑いものにする気でしょうか？」

低い声が出た。

「そ、そんなつもりはない！」

「ですが、皇太子と婚約していたのに、解消されればいいように噂されますわ。問題があるから婚約解消されたのだと。どのような問題があるのか面白おかしく社交界で噂されます」

殿下が苦渋に満ちた顔をしている。

「俺に明らかに問題があると分かれば……ああ、そうだ。真実の愛を見つけたと、俺が浮気をしてシャリアーゼとの婚約を解消すれば……」

ああ。そういう未来を私も考えたことがあった。

私が死んだあと殿下を幸せにしてくれる人がいて、真実の愛に殿下が目覚めてくれればいいと。

だけど、殿下から真実の愛という言葉を……私との婚約を解消すると聞けば、こんなにも心が痛むなんて。

私の余命は65年のままだ。殿下は本気で私との婚約を解消するつもりなのだ。

手を伸ばして殿下の肩に触れる。殿下の余命は1年。

「……分かりました。婚約解消を殿下が望むのであれば、私が学園を卒業するまでに考えましょう。どのような形であれば、２人とも笑いものにならないのか……」

殿下の余命が3年に延びた。

これは、私との婚約を続ける間は大丈夫だということなのだろうか。私の余命は65年に戻ったままだ。婚約解消の時期を引き延ばしただけで殿下の意思は固いということ……。

「そうだ、あの嘘つき女……ミミリアを予知ができる聖女に仕立て上げるのはどうだろう？」

「いえ、嘘つきと決まったわけではありませんわ」

「予知という特別な能力を持つ聖女と結婚するために、シャリアーゼとの婚約を解消するのであれば、シャリアーゼに瑕疵はないと悪い噂も立たないだろう。それに、貴族間の勢力争いも抑えられるだろう。予知能力という特別な力を持った聖女を排除しようなどと発言する者はいないだろうから」

そう……だよね。予知能力があれば殿下の危険を予知して防いでくれるだろうし。

私よりも、ミミリアの方が……きっと、殿下にはふさわしい。

泣きそう。なんで、どうして。

泣くな、私。寿命が戻るのだ。喜ぼう。

ノックの音が響く。

「シャリアーゼ様、その……お客様です」

客？　本来ならば、殿下と会っているのに使用人が案内するわけはない。

ドアを開くと、ひどい顔をしたマリアンヌの姿があった。

昼間のこともある。

「殿下、申し訳ありませんが、席を離れさせていただきますわ。マリアンヌ様、こちらへいらして。メイは殿下のお見送りを」

殿下がいる場所にマリアンヌを入れるわけにもいかず、私室に連れていき人払いをする。

私と2人きりになると、マリアンヌはすぐに土下座をした。

「申し訳ありませんでした、シャリアーゼ様っ。私、私……し、知らなかったんです。あんな、毒が……入っているなんて……」

朝の土産の話だろう。

「毒が入っていると知らなかった？　それは本当？」

あれほど様子がおかしかったのに、全く知らなかったというの？

「……お腹を壊す程度の毒が入っているとは言われました……」

お腹を壊す程度で寿命が0になったりはしない。

「でも、渡すことに失敗して……それで、捨てました。校舎の裏に。……昼に見に行ったら死んでいたんです。何匹も野良猫やカラスが……そ、それで……お腹を壊すくらいの毒なんかじゃないって気が付いて……わ、私……、シャリアーゼ様を……こ、殺すつもりなんて……」

ブルブルと震えて土下座を通り越して、マリアンヌは床に伏せて泣き出した。

「マリアンヌ様、誰に言われたの？　私のお腹を壊したいと、あなたが毒を求めたの？」

マリアンヌはしゃくりあげながらも、顔を上げて話し始めた。

「ち、違います、私……シャリアーゼ様、私……」

それまで泣いてぐしゃぐしゃの顔をしていたマリアンヌの表情が変わった。覚悟を決めた顔。

涙は流してはいるものの、震えてはいるものの、瞳はしっかり私の顔をとらえて、声に張りがある。

「罰を逃れようとした私が愚かでした。行動には責任が伴う……というのに。内緒にしてほしいならと脅されました。脅しに屈してしまい……」

「脅された？　誰に？　何を？」

マリアンヌが両手をまっすぐ前に揃えて突き出した。お縄（なわ）にしてくださいというような行動に首を傾げる。

「ミミリアです。予知ができるなんて嘘だろうと責め立てたら、嘘ではないと。何年か前に宰相とシャリアーゼ様を殺害しようと、私の父が計画を立てていたのも見えていた、嘘だと思うなら父の執務室の……机の引き出しの隠し収納を見てみなさいと言われて……」

ああ、私が死ぬはずだった一つの未来の。でもそれは回避した。

「本当に、父が私を皇太子妃にしたいと、シャリアーゼ様を殺害する計画を書いた書類が見つかって……ミミリアに、もしそれが他に知れればどうなるか分かるわよねと、脅されました……」

ミミリアが私に毒を……？　どうして？

「シャリアーゼ様、私は貴族としての矜持を取り戻したいと思います。シャリアーゼ様に毒を渡そうとした罪、そして父の罪を告白し、罰を」

ブルブルと大きく震える手で、真っ青な顔をしながらも目だけは光を失わないマリアンヌ。

マリアンヌの手に触れれば余命は1年。……きっと投獄ののち、減刑もされることなく絞首刑にでもなるのだろう。

マリアンヌは、下位貴族に対してきつい言葉を繰り返し吐いていたから同情されないのかもしれない。だけど、マリアンヌのようにはっきりと「上下関係があることを覚えておけ」と言う者がいなければ、勘違いした下位貴族が不敬罪で処罰されることも増える。処罰されなくとも、裏で悪い噂が広がり、社交界から弾かれ横のつながりも絶たれて没落していくだろう。身の程をわきまえることを教える人間も必要なのだ。……私は、マリアンヌがその役割を担ってくれていることを正直楽だと思っていた。私が言わずに済むと。もし、それがマリアンヌの罪を重くしてしまったとしたら、それは私の罪。マリアンヌが処刑されるのは私にも原因があるということになる。

「いやだわ、マリアンヌ様。私はこうして生きていますでしょう？　幽霊に見えますか？　お父様はきっと、小説でも書いていらしたのね。その小説に私をモデルとした人物が出てきたのでしょう？　小説の中で人を殺したからと、罪になるなんて聞いたことがありませんわよ？」

マリアンヌが、え？　と目を丸くした。

「立ちなさい」

マリアンヌを立たせるために手に再び触れれば、寿命が戻っている。長生きマリアンヌの復活だ。

「これからあなたがすべきことは私に謝ることではなく、お父様と話し合うことですわ。もし……処罰され、マリアンヌ様の家がお取りつぶしになれば、あなたは侯爵令嬢ではなくなります。貴族ですらなくなり……、あなたがよく思わなかった平民になるでしょう」

それは、マリアンヌにとってとても辛いことだと思う。

「はい……」

「学園を辞め、私の前に立つことも、話をすることもできない身分になるでしょう」

「はい」

「ですが、私はマリアンヌ様とまたお話ししたいのよ。公爵家の門を叩きなさい。侍女見習いから始めるのが嫌でなければ……」

マリアンヌの瞳が再びうるむ。

「はい……シャリアーゼ様。私、シャリアーゼ様にお仕えするために……見習いから精進いたします」

今後侯爵家がどうなるのかは分からない。当主のすげ替えだけで済むかもしれない。降爵ならばマリアンヌは貴族でいられる。

マリアンヌが部屋を出ていった。侯爵が馬鹿ではないといい。親馬鹿なだけであったら、まだ救われる。


それにしても、マリアンヌを脅したのがミミリアとはどういうことなの？

毒を私に渡させるなんて……予知で、私が侯爵の昔の罪をマリアンヌから聞いて許すところも見たのか……全部お見通しなのか。

その可能性はある。でも、実際にはミミリアは私が死ぬ未来を見て、そうなっていると思って学園に入学してきた。

予知は当たるとは限らない。……そんなあやふやな未来で、人の命を危険にさらすなんておかしい。絶対に間違っている。

っと、ゆっくりしてる場合じゃないわ。殿下は帰っただろうか。メイに見送りを頼んだけれど、まだいるなら挨拶(あいさつ)を。

慌てて部屋を出ようとしてハッとする。すぐに机の引き出しからミミリアの予知を封じた封筒を取り出す。

開けるなと言われたけれど、もしここに、防ごうとすれば防げる……人の命を左右する予知が書かれていたら！　迷わずに開封する。

書かれた文字を目で追い、愕然(がくぜん)とする。

ノックの音とともに半分開いている扉からメイが顔を出した。

「メイ、今朝、お父様から今週末は仕事で会えなそうだとお手紙が届いていましたわね？」

「ええ。災害地復旧のための視察では仕方がないと、シャリアーゼお嬢様はおっしゃって……シャリアーゼ様？」

クシャリと手元で紙が音を立てた。握りしめた指先が震える。

『ふさがれた街道の復旧作業に向かった一団が土砂(どしゃ)崩れに巻き込まれ、視察していた宰相を含む多くの者が命を落とす』

まさか、お父様が？

だって、先月会った時には余命は31年と、特に変わりはなかったのに。

バクバクと心臓が音を立てる。ミミリアの予知なんて当たるわけない……！　そう言いきれればどれほど楽だろう。

確かめなければ。お父様の寿命を。

5章　街道事件

「メイ、お父様を追うわ。止めないと」

メイに声をかけて部屋を出る。

「お嬢様、どういうことですか？　追うって」

メイが私のあとをついてくる。

「行かないでと……！」

お父様が出発してからどれくらい時間が経った？　港町につながる山間の山道が土砂崩れでふさがってしまっている。他にう回路もない重要な街道だから、宰相であるお父様自ら視察に向かうことになったのだ。現場で専門家の意見を聞き、すぐさま予算の判断などをする必要があると……。

どれくらいお父様は進んでしまっている？　近隣の村への支援物資も運ぶから週末までは戻れないだろうと手紙には書いてあった。

馬で走れば1日で着く場所でも、馬車であれば倍の時間はかかるだろう。

心臓がバクバクする。

ミミリアの予知に書かれていた災害が今回のものとは限らない。全く無関係かもしれない。だから、確かめないと。

お父様に触れて寿命を。もし0になっていたら。

ぶるると身震いする。時間がない。

「誰か使いの者を出しましょうか？」

メイの言葉に首を横に振る。

「数字を確認しなければならないの。メイ……着替えを」

メイは、他の者では代わりをなせないと理解したようだ。そして、私が手渡した手紙を見て息を飲んだ。

お父様は馬車で先行している。追いつくためには馬車では駄目だ。馬に乗って行かないと。

「……はい」

メイはまだ何か言いたそうだけれど、乗馬用の服を出して着替えを手伝ってくれる。ズボンに、その上に身に着ける膝丈のスカート。ロングブーツと手袋を自分で身に着けている間に、メイは手早く馬と護衛の手配をしてくれたようだ。

5分も経たない間に準備は整った。廊下を歩いていると殿下の姿がある。

ああ、まだ帰ってなかったんだ。

「シャリアーゼ、その恰好はいったいどうしたんだい？」

「ごめんなさい殿下。急用ができました。数日戻らないかもしれません」

殿下が苦しげな顔を見せる。

「急に……どうして、もしかして、婚約を解消すると言ったせいか？」

ああ、そうでした。そんな話をしていたんですね。

小さく首を横に振る。

「いいえ、決してそうではありません。戻ったら話します。今は時間がございませんので、失礼いたします」

カツカツと乗馬用の靴で、貴族令嬢らしからぬ足音を立てて廊下を進み、外に出る。


護衛10名と、出発した。

淑女たるもの乗馬などするものではないと眉を顰める者もいる。

けれど、有事の際に身を護る術はいくつ身につけていても無駄にはならないと叩き込まれた。

馬に乗れれば逃げられる可能性が広がると。

それを教えてくれたのはお父様だ。

まさか、こんな時に役に立つなんて。

ああ、お父様、死なないで！

どれくらい馬を駆けていただろう。手綱を握る手に力が入らなくなってきた。

「シャリアーゼ様、そろそろ休憩を」

並走する護衛の声にハッとする。

一向にお父様たちの馬車に追いつかない。

休憩なんてしたくない。……でも……。

「馬に水を与えませんと」

「そうね」

近くの村に立ち寄る。

村人の1人がすぐに護衛に話しかけてきた。

「川には近寄っちゃダメさぁ。水は井戸からくみなされ」

村から少し離れた川が見えた。

「川に近づかない方がいいとは？」

川上を指さす。

「2、3日山の向こうさで激しい雨が降っとったでなぁ。あんだけ雨が降りゃ、増水して流れも速くなって危険さぁ」

護衛が首をひねった。

「増水しているようには見えないが」

確かに、水位はあまり高くないように見える。普段はもっと水が少ないということだろうか？

「そうなんじゃ。水は濁っちょるじゃろ。普段なら濁った水が川から溢れそうなくらい流れてくるんじゃが。いつ増水するか分かんねぇから、念のため濁りがなくなるまで近づいちゃなんねぇ」

「もしかしたら上流でせき止められているのかもしれませんわね」

それでせき止められていることで二次災害が起きる？

専門家も同行していると言っていたし。さすがに気が付くわよね？

「シャリアーゼ様、馬に水を飲ませ終わりました」

「行きましょう、村人の話では、お父様の乗った馬車は1刻ほど前に通り過ぎたようです」

お父様は、支援物資を積んだ馬車とともに進んでいる。私は馬だ。

1刻の差まで近づいたのであれば、次に馬を休憩させるまでには追いつくはずだ。

追いついたらお父様の寿命を確認して。それから……どうやって止めたらいい？

平地から、左右を山に挟まれた道に入った。港と王都をつなぐ重要な街道なので、山に挟まれているとはいえ、馬車も通れるように幅もあり、均(なら)されて整備された道だ。

しかし、村で何日か雨が続いたと言っていた。ぬかるんで水が溜まっている場所が散見される。山で日陰になっている場所はひどい状態だ。

バシャバシャと泥水を跳ね上げながら進んでいく。

いっそ、馬車の車輪がぬかるみにはまって動けないままになっていればいいのに。

そんなことを考えながら走らせていたせいだろうか。異変に気が付くのが遅れてしまった。

「シャリアーゼ様っ！」

木の陰に隠れていたのだろう。風体(ふうてい)の怪しい男が乗った馬が前方に2騎。その周りに、同じように風体の怪しい……そう、山賊(さんぞく)のような服装をした者が20名ほど姿を現した。

慌てて馬を停止する。護衛たちが私の周りを固める。

「山賊か」

見たところ、服装だけではなく立ち振る舞いも粗野(そや)で、とても役人や正規兵と見間違えるような感じはない。

こちらは、訓練を受けた護衛が10名。私も含めて全員が馬に乗っている。

あちらは20名と人数では勝っているものの、馬に乗っているのは2人だけだ。こちらの方が有利だが、実力は分からない。

「ここを通りたければ金目のものを置いていけ」

馬に乗った髭面で頭の禿げた男が声を上げる。

「お嬢様、いったん引き返しますか？」

護衛の1人が私の横へと馬を近づける。

手綱から右手を離して、護衛の腕に触れる。

この男は今いる護衛の隊長だ。部下を大切にする男で、判断を間違えたりしない。

彼の寿命が短くなっていないことを確認する。

大丈夫。死なない。

「いいえ。進むわ。ごめんなさい」

隊長が小さく頷くと、すぐに指示を出した。

「2人は後ろを守れ、2人は左右に分かれろ、残りは私とともに前へ！　周りの警戒も怠るな。

仲間が隠れているかもしれない、行くぞっ！」

剣を引き抜いて隊長が山賊へと突き進んでいく。

すぐに剣と剣がぶつかり合う音が響き渡る。

「ははっ、馬に乗っているから有利だと思うな！」

山賊が走りながら、何かを地面にばらまいた。とたんに突っ込んでいった護衛の操る馬が後ろ足立ちになる。

危ない！　落馬する！　と思ったけれど器用に馬を操り落馬は逃れた。だけれど、馬が落ち着く前に、山賊が襲いかかってくる。

馬を諦め、下りて相手をし始めた。

地面を見れば、棘が何本も飛び出た菱のような形のものがばらまかれている。

なるほど。あれを馬が踏んでしまえば、暴れ出すのも分かる。

よく、あんなものを思いついたものだ。

しかし、馬上からというアドバンテージがなくとも、護衛の腕は確かだ。山賊を１人、２人と確実に減らしている。

馬から下りて戦う護衛たちの横をすり抜けるようにして、馬に乗った山賊が近づいてきた。

「お前がこいつらの主かっ！　殺されたくなきゃ金目のものを出しやがれ！」

男が剣を振り上げた。

まずい！

馬を傷つけられてしまえば、お父様たちを追いかけることができなくなってしまう！

とっさに身に着けていた腕輪を外して投げつけた。

「宝石がいくつかついてるわ！　かなりの価値があるはずよ！」

男は腕輪を取り落とし、慌てて拾おうと馬を下りた。

今だ！

馬の腹を蹴って、走り出す。

棘のついたものがばらまかれていない場所を通って、この男は向こうから来たのだ。そこを通れば……！

「待て！」

「シャリアーゼお嬢様っ！」

山賊と護衛の声を背に、そのまま全速力で争いの場を駆け抜ける。

お父様！

お父様！

お父様に、いざという時は馬に乗って逃げることを教えられている。

護衛も心得ているはずだ。山賊で馬に乗っていたのは2人だけで、1人は隊長と対峙していた。もう1人は馬を下りた。

大丈夫、私の寿命は変わらない。死なない。山賊に殺されることはない。

必死に馬を走らせる。

「あ、ああっ！」

髪がっ！

雨で折れた枝が低い位置にあり、髪の毛が引っかかってしまった。

痛みで上体が後ろにのけぞり、バランスを失う。

必死に手綱を握りしめ落ちないようにしたけれど、馬はスピードを落として止まってしまった。

いけない。追いつかれてしまう。

後ろを振り返ると、ものすごい形相で馬に乗った山賊の男が近づいてきた。

「馬鹿がぁ！　逃げられるものかっ！　ひゃっはー！」

護衛は馬に乗れない状態だからか……！

私が男の隙をついて走ってこられたように、山賊のこの男も走ってこられたのだろう。

逃げなくちゃ。

血走った目に、振り上げられた剣。

恐怖で身がすくむ。

大丈夫。……と、自分を励ますように心の中でつぶやく。

「行くよっ」

馬が動き出すのがやけに遅く感じる。

早く、逃げなくちゃ！

走り出した私の馬よりも、スピードに乗った山賊の馬の方が速い。

「逃げられると思ったかっ！」

腕をぐいっと掴まれた。

ああ、落ちる。

寿命は……32。

ああ、ここに来て寿命が延びた。

……運命が変わるってこと？

殿下とともに歩む人生と違う人生が……。

山賊に捕まったら、私はどうなってしまうんだろう。

もう、殿下と会えなくなるんだろうか……。余命32年になった私の人生は……。

「シャリアーゼっ！」

落ちるはずの私の体は温かさに包まれていた。

「大丈夫か、シャリアーゼ！」

私の目に映るのは、アーノルド殿下の顔だ。

「あ……はは」

寿命が、また減った。

減っちゃったよ。

せっかく、32年にまで増えたのに。また14年になっちゃった……。殿下のせいで。

殿下のせいでっ！

「殿下！」

落馬しそうになった私を受け止め自分の馬に乗せた殿下に抱きつく。

寿命が減ったというのに、喜ぶ自分がいる。

馬鹿だ。

死にたくないのに。

でも、でもっ！　幸せじゃない人生を長生きしても仕方がない！

山賊に襲われて、売られて、みじめに生き続けるくらいなら……太く短く華麗で幸せな人生を生きた方がいい！

「シャリアーゼ、なぜ1人で！」

私を追ってきた山賊をマーカスがあっさりと倒しているのが見えた。殿下の胸元に置いてきたミミリアの予知を書いた紙が見えた。

ああ、殿下はこれを見て追いかけてくれたのか。

殿下が私を強く抱きしめる。

「悪かった。俺が……」

どうして、殿下が謝るの？

「俺が……突き放すようなことを言ったから……だから、俺に相談することもできず1人で来たんだろう？」

「ち、違いますっ。危険がある場所です。殿下は来てはなりません」

せっかく私が自分の寿命を削っても殿下の命を助けようとしてるのに、無謀なことするなんて許さないから！

慌てて確認した殿下の寿命に問題はないことにほっとする。

いや、ほっとしてはいられない。

殿下が軽く頭を横に振った。

「とにかく、今は急ごう」

殿下を危険な目に遭わせるわけにはいかないと分かっているけれど、寿命は大丈夫だ。それに、今は言い争う時間ももったいない。

自分の馬に乗り換えて、私と殿下とマーカスの3人で進む。

「殿下、護衛もつけずに……」

なんて、無謀な。

「やだなー、シャリアーゼ様。私が見えない？　護衛、護衛。殿下の護衛」

マーカスがにっこりと笑う。

「そう、うっかり毒を入れるような奴だけど、剣の腕は確かだ。国で２、３番を争う腕前だよ」

　殿下の言葉にマーカスがぷすっと膨れた。

「そこは、国で１、２を争うって言ってもらえないですかね？」

　２人のやり取りに少し心がほぐれる。

「ってことは、２人の言葉を合わせれば、マーカスは国で２番目に強いってことね。それは頼りになるわね」

　マーカスががっかりした顔をしてる。

　全力で馬を駆けさせたいところだけれど、道がぬかるんでいることもあり、急く気持ちを抑えながら馬に負担をかけないスピードで進む。

「あ、あれじゃないか！」

　マーカスの言葉に道の先を見る。

　左右は山。正面にはひときわ高い山。

一本道の街道の先に見知った馬車が見えた。

「お父様たちだわ」

ほっと胸を撫で下ろす。

「どうしたんだろう？　こんな場所で休憩を取るはずはないのに」

思ったより早く追いついたと思ったら、どうやらお父様たちは止まっている。殿下の言うように、道をふさぐように止まっている。

休憩をとるならば、道をふさがないように開けた場所でするはずなのに……。

「土砂崩れで通れなくなっているのか？」

土砂崩れがあったというガルーシア地方はまだ先のはずだ。

「そういえば、村で雨が降って川の水が濁っているのに、水の量が増えないのはおかしいと言っていたわ」

「ガルーシア地方だけではなく、このあたりでも何かあったのか？」

万が一、前方で山賊と睨み合っている可能性も考え、目立たないように馬を下りて道の脇に入り、馬をつなぐ。

殿下はいつどこで命を狙われるか分からない立場だ。

木々の間を身を隠しながら近づいていく。

最後尾(さいこうび)まであと少しというところで、少女の声が聞こえてきた。

「この先に進んではなりません、宰相様」

お父様に話しかけているようだ。

「このまま隠れて様子を見に行こう」

殿下が声を潜めた。頷いて、そのまま森の中を進んで前方の様子をうかがいに行く。

マーカスは森の中に敵が潜んでいないかも確認している。人の気配はないようだ。

どうやら、取り囲んでお父様たちを襲う計画というわけではないらしい。

「制服を着ているが、学園の生徒がどうしてこんなところにいるんだ？」

マーカスの言う生徒は、ミミリアだった。

ミミリアの後ろには、２頭立ての小ぶりの馬車がある。あれに乗って来たのか。２人の中年男性が馬車の脇に立っている。御者(ぎょしゃ)と護衛？

ほっと息を吐き出す。

ミミリアは人が死ぬことを見過ごすつもりはなかったみたいだ。こうして助けに来てくれたのね。疑ってしまった。マリアンヌのことも何か深い理由があったに違いない。

「私を宰相だと知っているのだな。だったらどきなさい。この先に一刻も早く行かねばならぬのだ」

お父様がミミリアをたしなめるような口調で言葉を発した。

「いいえ、宰相様。駄目です。この先で土砂崩れが起きます」

「どういうことだ？」

ミミリアはにこりとかわいく微笑んでお父様に告げた。

「私、未来予知能力がありますの」

「未来予知だと？」

お父様がいぶかしげな声を出す。そりゃそうよね。突然見知らぬ少女がそんなことを言い出しても。

だけどミミリアの言っていることはきっと本当。

「お父様！」

隠れていた木の後ろから姿を見せると、お父様が驚いた声を上げる。

「シャリアーゼ、どうしてここに！」

「お父様にお伝えしたいことが」

一刻も早く寿命を知りたい。

お父様の元に駆け寄って手に触れる。

え？

0だ。

お父様の残りの寿命は0。どうして？　止まったのに。

あ……。私も0。

背中がぞくぞくとする。

ここに来たことで0になったということは、この場所が危険だということだ。

立ち去らないと。

がくがくと恐怖で足が震え出す。

「未来予知とは、どういうことだ！」

お父様の質問には答えず、ミミリアが殿下の前に立った。

「やだ、もしかして、予知が本物か確かめにわざわざいらしたの？　ふふ、アーノルド様、メモを見てしまいましたのね？」

ミミリアが目を輝かせて胸元に見えていた紙に視線を向けてから殿下の腕を取る。

ちょ、今、アーノルド様って呼んだり腕を取ったりとか、正気か？

許可なく話しかけることでも十分に正気なのかと思うけれど……。勝手に触るなんて、暗殺しようと手を動かしたと思われて斬られるぞ。

殿下、ミミリアと結婚するとかいう話をしていませんでした？　睨みすぎじゃないですか。

「離れろ」

マーカスが剣を抜き、刃先をミミリアの喉元へと持っていっている。

「ちょ、な、なんで？　マーカス様がどうして私に剣を向けるの？　っていうか、どうしてマーカス様までいるの？」

あれ？　学園にはマーカスは足を踏み入れてないのに、ミミリアはどうしてマーカスのことを知っているの？　まさか寮の周りをうろうろしてたとか？

「殿下から離れろと言っている。婚約者のいる前でよくそんなことができたものだな」

マーカスの迫力に、ミミリアは殿下の腕から手を離して、後ろに下がった。

「そうだったわ。まだマーカス様とは出会う前だったわ……失敗、失敗」

何かをつぶやきながら胸に手を当てると、ミミリアは再びかわいい笑顔を殿下に向ける。

「あの、失礼いたしました。その、未来を夢で見ることができるので、えっと、夢で見た学園生活のことと現実がごっちゃになって混乱してしまって……2年生になるころには腕を組むとも当たり前で、もちろんマーカス様ともよく一緒にお茶を」

そうなんだ。殿下は順調にミミリアと仲を深めていくのね。私と婚約解消するために……。

「未来を予知する……？　それは本当なのか？」

お父様が首を傾げている。少なくとも、私と殿下がミミリアと顔見知りだということを知り、話を聞くつもりのようだ。

「はい、信じてください。……この先で起きる土砂崩れに宰相様たちが巻き込まれる予知を見たので、止めるために来たのです。もうすぐ崩れるはずです」

ミミリアが道の向こうを振り返り、指をさした。

「この向こう。私の予知では太陽が真上になる前に崩れるはずだと思うので……少しお待ちください」

ミミリアの言葉に、殿下がお父様に言った。

「半刻くらいいいだろう？　こんな場所だが早めの休憩にすれば」

殿下はミミリアの言葉を信じたのだろうか。予知は本物だと私は思っている。だけど……。

「ミミリアさん、それは確かな情報なの？」

びくりとおびえたようにミミリアが私を見た。

「う、疑うのですね、シャリアーゼ様は」

「いいえ、もう少し話が聞きたいの。なぜ、この先だと分かるの？　私には山の間の道なんて、どこも同じに見えるわ。土砂崩れが起きるのは、この先なの？　この先ではなく、ここという可能性はないの？」

余命が0。

「な、何よ、そ、それは……その……」

ミミリアが言葉に詰まっている。

「確かに、どこも似たような景色だな。宰相、開けた場所まで移動した方がいいだろう」

お父様が殿下の言葉に、頷いた。

「来た道を戻って開けた場所に待機だ！」

お父様の言葉に、皆が迅速に動き出した。

その時だ。

ドーンと、ものすごい音が聞こえてきた。

何かが爆発するような音。

「ほ、ほら、私の予知通りだわ。あっちで土砂崩れが起きたのよ！　ね、私の未来予知すごいでしょ？」

ミミリアがちょんちょんと飛び上がって喜んでいる。

土砂崩れが起きたのに喜ぶなんて……。

「まだ、音が続いている……」

ゴゴゴと地を這うような音が足元から響いてくる。

「土砂崩れは1カ所だけとは限らないんじゃないか？　逃げるんだ、早く！」

殿下の声に、お父様たちは急いで馬を走らせた。

「馬車はあとで回収できる。まずはこの場を離れるんだ！　シャリアーゼ、来なさい！」

お父様が私の手を握る。

あ。

数字が元に戻っている。もう大丈夫だ。

「お父様行ってください、私と殿下の馬はあのあたりにつないでありますから、すぐにあとを追います」

「分かった」

お父様を見送ると、マーカスが馬に乗ってきた。手には殿下の馬の手綱も握られている。

うわ、優秀。あのやり取りの間に馬を回収しに行ってくれたんだ。

「シャリアーゼ様、行きましょう」

マーカスが私に手を伸ばした。

「え？　嘘でしょう？　崖崩れじゃなくて、土石流？」

ミミリアが素っ頓狂な声を上げる。

土石流？

道の向こうから、まるで濁流のように土砂が押し寄せてくるのが見えた。

「そんなぁ、予定外よ！」

ミミリアが逃げもせず叫び声を上げている。

「飲み込まれたらアウトだ！　逃げろっ！」

マーカスの太い腕が私を乱暴に馬上に引き上げると、ものすごいスピードで馬を走らせる。

「お前も、逃げるぞっ！」

殿下が馬にまたがり、ミミリアの手を掴んだのが見える。

背後からは木々をなぎ倒しながら、山を崩しながら、土砂が流れてくる。メキメキと太い木がなぎ倒され、押し流されていく。

「アーノルド様っ！」

殿下には、マーカスのように馬上から人を引き上げることはできなかったみたいで、いったん馬を下りている。そして、ミミリアを馬に押し上げたところで、馬は殿下を置いたまま、土石流から逃げるように走り出した。恐怖でおかしくなっているのだろう。

アーノルド殿下は馬に置いていかれ、走ってこちらに向かっている。

ダメ、人の足じゃ間に合わない……！

そう思った瞬間だ。

森の中から1頭の馬が姿を現す。

ああ、あれは私が乗ってきた馬。森につないでいた馬だ。

馬を操っているのは……。

「ジェフっ」

どうしてジェフが？

ジェフは迷うことなく殿下に手を伸ばした。

殿下も、驚いた顔はしたものの、迷わずジェフの手を取る。

ジェフは、すぐに殿下の体を馬の上に引っ張り上げ、手綱を殿下に握らせた。

ああ、でも。

すぐ後ろに土石流が迫ってきている。マーカスが必死に馬を走らせ、私と殿下たちとの距離はどんどん広がっている。

殿下のあのスピードでは逃げられない……と、思った瞬間。ジェフは自ら馬から飛び降りた。

ゴロゴロと地面を転がり、立ち上がって、殿下を見ている。

殿下がジェフと叫んだ声は、迫りくる土石流の音にかき消された。

乗っている人間が２人から１人に減ったことで馬はスピードを上げる。

ジェフが口を動かしている。

穏やかな顔で。

そして、そのまま土石流にジェフは飲まれていった。

6章　明かされる秘密

ある者は斜面を駆け上がり、ある者は馬で遠くまで駆け……。
なんとか、土石流から逃げることができた。
途中立ち寄った村に、人が集まってきている。
「お父様、ご無事で……」
「シャリアーゼ、よかった。殿下も……」
お父様に力強く抱きしめられる。
寿命は戻っている。私もお父様も。そして殿下も。
助かったのだ。
0になっていたのは、あの土石流に飲まれるということだったのだろう。
あのまま進んでいれば、逃げ切ることはできなかったはずだ。
ということは、未来予知をしたと言って足止めしてくれたミミリアのおかげ。
お礼をと思って、あたりを見回す。
殿下がうつろな目で自分の手を見ていた。

「ジェフは、なぜ自分の命を犠牲にしてまで俺を助けたんだ？　殺そうとしていたというのに……」

本当に、殺そうとしていたのだろうか。

2刻ほどで、落ち着きが出てきた。

「街道の復旧はいよいよ難しそうだな。一度王都に帰って陛下と相談せねばならない」

お父様が土石流の調査をした専門家の話にため息をついた。

どれくらいの長さかは分からないけれど、土砂が山の間の道を川の水のように流れてふさいでしまった。

土砂崩れの何倍もの距離をふさいでいるのは間違いないのだろう。街道の早急な復旧は確かに難しそうだ。

「引き返そう。シャリアーゼ、乗りなさい」

なんとか難を逃れた馬車に、私と殿下が乗せられた。私が連れてきた護衛とマーカスと、お父様たち全員でいったん王都に戻ることになった。……ミミリアは？

馬車には私と殿下の2人だけだ。

殿下が小さく折りたたまれた紙を取り出して広げる。

「あの時、ジェフが俺に握らせた紙だ」

紙を持つ殿下の手が小刻みに震えている。

『あなたでよかった』

震えながら殿下が私に尋ねた。

「俺でよかったって、どういうことだと思うか？　なぁ、シャリアーゼ……」

「それは……」

どう考えても、殿下に仕えられてよかったっていう話じゃないのかな。

もともとは王弟殿下の側近候補だったけれど、結果として殿下の側近になった。それでよかったっていうことなのでは。

「殿下の側近になれてよかったと」

殿下が下を向いてしまった。

「なんでだよ。俺の側近になったから、死ぬことになったんだろう。俺の側近にならなきゃ、俺の命を狙うこともなかったんじゃないのか。犯罪者になることもなかったはずだ」

「本当に、ジェフは殿下の命を狙っていたのでしょうか……」

馬鹿なことを言っていると思っている。

どう考えても毒苺ムース事件にジェフが絡んでいたのは明白だろう。情報を流しただけでも罪になるのだから。

でも、情報を流しただけで、手を下そうとしていたのだろうか？

「命を狙っているふりをしていた……命を狙っているふりをして、殿下を逆に守っていたとか？」

途方もない考えが脳みそを通過して口から出る。

「誰かが殿下の命を狙っていて、ジェフは協力するように命じられていた。もしくは本人が言っていたように死んだ妹のために協力を決めた……けれど、殿下を殺されたくないジェフは協力するふりをしていた……とか」

馬鹿みたいな考えだけど、でも。

「ジェフならいつでも殿下に毒を盛れますよね。犯人を仕立て上げることだってできそうだし……。自ら命を落とす覚悟があるならいくらだって殿下を殺すことなんてできたはずで……」

それなのに、しなかった。

ジェフは死んでしまったのだ。真実なんて分からない。

だったら、都合のよい想像で頭を満たしちゃえばいいんだ。

「ば……かな……それなら……言ってくれれば……ずっと、俺を守ってくれればいいだろ。二重スパイになればよかったのに……」

もう、誰もジェフの行動の真実を知る者はいないのだから。唯一知っていたジェフ自身が亡くなってしまったのだ。

ジェフは殿下を守りたかったんだと……私の願望を口にしたって、否定することさえできないんだ。

これから周りの人を疑って誰も信じられなくて、孤独になる辛い思いを殿下にはしてほしくない。

「殿下……覚えていてください。私が殿下を裏切ることはないということを……。自分の命よりも、殿下の命を選びます。たとえ、結婚しなかったとしても」

嘘じゃない。

殿下が死ねば私の寿命が元に戻るからって、選ばなかった。

「嫌だっ！」

殿下が私の両肩を掴んだ。くしゃりと、殿下の持っていたジェフからの手紙が音を立てた。

怖い顔をして殿下が私を見ている。

「絶対に、許さないからな。死ぬなんて。俺のために死ぬなんて！　許さない」

自分のせいで誰かが命を落とすことで殿下は心を痛める。

だから、寿命が見えることを知られてはいけない。

そして……。

「頑張って長生きするわ」

どうにかして寿命を元に戻す方法を見つけなければ。

それから……。

「殿下も長生きできるように危険なことはしないで。約束して」

もし、私が若くして死んでしまっても、殿下を支えてくれる「真実の愛」の相手を見つけなければ。

ジェフを失って、私を失って……殿下が自暴自棄（じぼうじき）にならないように。

「約束するよ、シャリアーゼ。俺は、シャリアーゼのために生きるから。だから……」

アーノルド殿下の右手が私の頬に触れた。

「ずっと一緒に……」

それから、殿下の顔が近づいてきて。

息がかかるほどの位置。

殿下の青い瞳に、私の驚いた顔が映ってる。

殿下が少し顔を傾けて、私の顔にさらに近づき。

な、な、何これ。

まさか、えっと、キ、キ、キ、キス？

だって、婚約者だけど、婚約は解消するんだよね？　しかも、……恋人同士じゃないんだよ？

好きとか嫌いとか恋愛関係でもないのにっ！

キスって、好きな人とするものじゃないの？　政略結婚の相手……結婚したらするかもしれないけど、婚約中にする？

誰か、教えて〜！

こ、心の準備が！

バクバクと高鳴る心臓。

近づいてくる殿下の顔。キ、キスされる。

そして……。

ガタンと馬車が大きく跳ね上がった。

石にでも車輪が乗り上げたのだろうか。

椅子から浮いてバランスを崩して、２人で壁に肩をぶつけた。

「だ、大丈夫かシャリアーゼっ！」

殿下が慌てて私の無事を確認する。

「だ、大丈夫。むしろ、大丈夫」

「むしろ？」

あ。

キスされなくて済んで助かったとは言えない。

って、まだ顔が近い。ど、ど、どうしよう。

「あ、ははは、いえ、あの、さすがに、近すぎて、その、体調がっ」

そうだ。こんな時こそ、殿下といると緊張する設定だ。気絶、気絶は……このタイミングは駄目でしょう。さすがに。

「すまんシャリアーゼ……あの、そうだよな。うん、頬とか額とかからゆっくり慣れてもらうべきだよな」

はい？

慣れる？

「殿下、私との婚約は解消する予定でしたよね？　これ以上慣れる必要はないのでは……？」

「やめる」

ん？

「婚約解消はやめる。よく分かった。俺のせいで死ぬのは嫌だけど、俺の知らないところで死なれるのはもっと嫌だって分かった」

「わ、私はずっと殿下の婚約者ということですか？」

「そうだ。いや、違う。ずっと婚約者じゃなくて、結婚して俺の妃になるんだ」

わ、私が？　本当に？

「私でよろしいのですか？」

こいつでいいと言われて婚約したのだから、私でいいのだろう。

「シャリアーゼがい……」

ガタンと急に馬車が止まった。

「なんだ？」

外を確かめる前に、どんどんと馬車のドアが叩かれる。

「シャリアーゼ、いるんでしょっ！　話があるわ。出てきなさいよ！」

ミミリアの声だ。

「なんだ、公爵令嬢を呼び捨てにするとは。出ていくことはない」

殿下が憤(いきどお)りを見せるけれど、そっと殿下の肩に手を置いて首を振る。

「彼女のおかげでお父様が助かったのよ。お礼を言わなければ。それに、予知の力は本物だと証明されたわけだし……聖女であれば公爵令嬢を呼び捨てにしても問題ないでしょう」

馬車から降りる。ギシリと後ろで馬車がきしんだ。殿下も降りようと腰を浮かせたのだろう。

「シャリアーゼ1人よ。他の人は来ないでちょうだい！」

殿下の姿はミミリアの位置からは見えなかったのか。殿下に対する口調ではない。

「ミミリア」

「こっち来てよ」

ミミリアが背を向けて歩き出す。その後ろをついて歩いていく。街道から少しだけ森の中に入るとミミリアは立ち止まり振り返った。

「あんたのせいよ」

は？

「あんたが生きてるから叔父さんが死んじゃったじゃないのっ！」

「叔父さん？」

「そうよ！　ジェフ叔父さん！　私の生みの親の兄よ！」

ミミリアは、ジェフの妹の娘？

「でも、ジェフの妹は……もう亡くなっていると……」

「そうよ。15で……学園で恋に落ちて私を産んだの。そして亡くなった」

ミミリアは私と同じ15。15でミミリアを産んだのであれば生きていれば30。ジェフは今31だから……。計算はおかしくない。

「あなたが……ジェフの姪(めい)……？」

「そうよ。そして、父親は、王弟殿下よ」

「うそ……」

ミミリアはふんっと鼻息を出す。

「知らないのも当たり前よ。この秘密が表に出るのはシナリオも終盤だから。めでたく殿下と恋に落ちたけれど男爵令嬢ということで周りからの反対を受けたヒロイン。しかし、実はヒロインは王弟殿下の隠し子だった。王家の血筋を引く娘として2人は晴れて一緒になることができるというね」

えっと、何を言っているのだろう。

「ヒロイン？　それは予知で見たということかしら？」

ミミリアがクスリと笑った。

「予知だなんて本当に信じてるの？　そんな能力なんてないわよ。ゲームをやった人間なら知ってる話ばかりよ」

ゲーム？

「でも、あんたが生きてるせいでシナリオがめちゃくちゃよ。出会いのイベントはことごとく邪魔するし、そろそろ殿下とお茶ができるはずなのに。邪魔なのよ。シャリアーゼ。あんたがいなければ、きっとシナリオ通りの展開に戻るはずだわ！」

シナリオってどういうこと？

「ミミリアが見た未来通りに、私がいると進まないから邪魔だということかしら？」

「そうよ。消えてくれる？」

足が震えてきた。

「だからマリアンヌを使って私を毒殺しようとしたの？」

「そう。どうせマリアンヌもシナリオで断罪されるんだから。それがちょっと早まるだけよ」

嘘……でしょ。

「マリアンヌを利用して人生をめちゃめちゃにしようとしたの？　私が邪魔だからと殺そうとしたの？　ミミリア……あなた、いったい何者よっ！」

信じられない。怒りで胸の中がぐちゃぐちゃだ。だって、だって……。

「私？　ヒロイン様に決まってるじゃない」

「ジェフが言っていた妹のためというのは……妹の産んだ子供のためっていう意味だったの……？」

ミミリアがふっと馬鹿にしたように笑った。

「そうよ。回想スチルで、兄さん娘をお願いとかいうシーンが出てきたもの。その時に、父親が王弟殿下だっていうのも判明するのよね。叔父さんは、王族の血を引いてるのに貧乏な男爵令嬢として日陰で生きる姪を、かわいそうだからなんとかしてあげようって思うでしょう？」

「殿下を亡き者にして、王弟殿下を皇太子にしようとしたの？」

王弟殿下が皇太子になってからミミリアの存在を公表するつもりだった？　なんかおかしい。別に皇太子になってからでなくてもいいじゃない。

「はぁ？　殿下を亡き者にする？　冗談じゃないわ！　私は殿下と結婚して王妃になるのよ？　殿下が死んだら意味ないじゃないのっ！」

「でも、ジェフは殿下に毒を……」

ミミリアがだんっと地面を蹴る。

「王弟殿下ね。シナリオではマリアンヌが王妃になるのでは国の将来が不安だと殿下を糾弾したりしてたわ。自分が王位につこうとして。それが、自分の娘であるミミリアが殿下と結ばれたことで改心するんだけれど……」

ミミリアが親指の爪を噛んでつぶやいた。

「シャリアーゼは非の打ちどころがなくて、王妃にふさわしくないと言えなくなったから……殿下を排除するために殺そうとしたってこと……？」

「え？　殿下の命を狙った黒幕は王弟殿下？」

ジェフと王弟殿下は学生のころからの付き合いで、妹の恋人で、娘がいるという秘密を共有していて……。王弟殿下に協力を頼まれれば、ジェフは断るに断れなかったのだろう。だけれど、殿下に手を下すこともできずにいたということ……？

ジェフはどれだけ苦しんだのだろう。……妹のためって……。ミミリアのために苦しんだの？　こんな……自分のことしか考えてない子のために。

「知らないわよ。だって、私が知ってるのは、シナリオ通りのストーリーだもの。とにかく、シャリアーゼ、あなたのせいでめちゃめちゃよ。私はヒロインなのに！」

気が付いたら、手が出ていた。

パシンと、ミミリアの頰を叩いていた。

「ヒロイン？　それは物語の主役って言いたいの？　でも、人は、皆自分の人生の主役なのよ？　私だって、私の人生のヒロインだわ！　マリアンヌだって、マリアンヌの人生のヒロインなのよ！　人の人生をめちゃめちゃにする権利があなたにあるわけないでしょうっ！」

ミミリアが私にぶたれた頰に手を当てて、睨んできた。

「はぁ？　私はあんたたちと違って特別だって言ってるじゃない。この、ゲームのヒロインなの！　あんたたちキャラクターの人生？　知ったことじゃないわよ。キャラクターは全部私のために動くものでしょう？」

キャラクター？　ミミリアは何を言っているの？

「シャリアーゼ……」

背後から殿下の声が聞こえた。

「やだ、強制力が働くのね。シャリアーゼもしっかり悪役になれるじゃん」

クスリとミミリアは笑うと、すぐに泣きそうな顔になった。

「殿下ぁ、シャリアーゼ様ったらひどいんですぅ。ミミリアのことぉ、叩いたんですよぉ。私いなんにも悪くないのにぃ」

「黙れ」

ミミリアが伸ばした手を避けると、私を背でかばうようにして前に立った。

「ちょ、なんでよっ。殿下はシャリアーゼをかばうの？　まるで私が悪役みたいじゃないの。私がヒロインなのに！　殿下は私と結ばれるのよ！」

「連れていけ……」

殿下が命じると、マーカスが、ミミリアの両腕を後ろで拘束(こうそく)する。

「嫌だ、殿下、どうして！　真実の愛の相手は私のはずでしょう？　殿下ぁ！」

「俺の真実の愛の相手はシャリアーゼしかいない」

わめきながら馬に荷物のように括り付けられて運ばれていくミミリアに、殿下はそう言った。

「わ、私が……真実の愛の相手？　何を……言って……」

殿下が私をふわりと優しく抱きしめる。

「初めて会った時からシャリアーゼが好きなんだ。照れ隠しでこいつでいいなんて言ってしまったけれど、違う。お前がいいんだ。お前じゃなきゃ嫌なんだ……」

嘘……！

「でも、シャリアーゼは俺のことを好きになってくれないんじゃないかと思うと……怖くて。別の人が好きだと言われたら殺してしまいそうで……」

ぎゃっ！　寿命が点滅し始めた。

何、これ！　いろんな数字がパカパカしてる。

殿下に殺されるいろいろな未来があるってこと？

怖っ！

「でも、シャリアーゼは自分の身が危険にさらされようと、俺の命を守ろうとしてくれた」

そんなの……。

「俺と一緒に笑ってくれて、俺のために泣いてくれる。それが、たとえ愛馬に対する扱いと同じだったとしても……シャリアーゼが側にいてくく」

思わず、殿下の頭をポンッと叩いてしまった。

「もう、お馬さんごっこするほど子供ではありませんわ！」

「え？」

殿下が驚いた顔をしている。

「そうですわね、今度からは真実の愛ごっこでもいたしましょうか？」

ふふふと笑うと、殿下が真っ赤になった。

「いや、それはさすがにまだ早いのでは」

って、まだ早いって、いったい真っ赤になった殿下は何を想像したのよ！

余命が65年に戻っているのに気が付くのはもう少し先のお話。

エピローグ

「叔父上が王位継承権を返上した」

殿下が３年生に。私は２年生になった。

いつものように、寮から学園へ向かう道。

殿下はエスコートではなく、私と手をつないで歩くようになった。

しかも、恋人つなぎという最近流行りの指を１本ずつ交互に握るやつで。

「え？　返上？　はく奪じゃなくて？」

殿下を暗殺しようとしていたのなら、王位継承権はく奪の上幽閉くらいの処分でも軽いくらいだというのに。

「俺を殺そうとした証拠は何も出てこなかったからな……。全部、ジェフのせいにされて終わった」

殿下が悔しそうな顔を見せる。

死人に口なしというやつか。

「国境沿いの小さな王室直轄地で過ごすそうだ」

……もう、殿下の命を狙ったりはしないと考えていいのかな。王位継承権を返上したのなら、殿下を殺しても王にはなれない。王都から離れた国境沿いでは、貴族たちとのつながりも弱くなるだろう。

「ミミリアと一緒に」

「え？　ミミリアと？」

「ああ。相変わらず訳の分からないことばかりわめいていて、皆が見捨てたが、叔父上が手を差し伸べた」

そうなんだ。

「もう、隠し子として日陰で生きなくてもいいのね……ミミリア」

ミミリアは本当に予知ができたのかどうかは私には分からない。シナリオがとかゲームがとかいろいろ言っていたけれど。

自分の知らない未来で生きた方がミミリアは幸せかもしれない。

これからどうなるのか分からない世界で……。

つないでいる手に視線を落とす。

今の私の余命は64。殿下は78。

寿命は見える。だけれど、これから私たちがどうなるのかは……分からない。

校舎の前に見知った顔があった。近衛騎士の制服に身を包んでいる。

「ロー先生、お久しぶりです」

「もう、私は先生じゃないよ」

懐かしい笑顔に思わず笑みが浮かぶ。

「ロー、叔父上の警護のはずだろう？　なんの用でここに来たんだ」

不機嫌な顔で殿下が私の前に出た。

んん？

15？

ちょっと、また私の寿命が減ってる！　なんでよ！

もうっ！

殿下！　私の寿命、返してよっ！

あとがき

はじめまして。もしくはご無沙汰しております。富士とまとです。

今回は、異世界恋愛です！　短編から声をかけていただきこうして本にしていただきました！　ありがとうございます！

実はミステリーを勉強中なのです。ミステリーの書き方の本をいくつか手にしたもののまるっきり書けそうな気がしない。それならばトリックを勉強しようと、歴史的価値のあるトリック集みたいな本を買いました。

犯人は、実は猿だった！　……という衝撃的な謎解きから始まり、犯人は実は天井を移動する象だった……というところまで目を通して「あれ？　私の考えるミステリーのトリックと違う……」と、戸惑いを隠せなくなりました。

というわけで、あまりミステリーの勉強は進んでおりません。そんな私が、タイトルに「謎解き」などと恐れ多くも入れさせていただきました。

ところで、ミステリーを書きたいと言う私の最大の問題、それは、殺人事件は起きないということなんです。できるだけ、どの作品でも人は死なないで欲しいと思って書くタイプなので……殺人事件はね、起きないんですよ。まぁ、ミステリーイコール殺人事件ではないのは知っておりますが……。

しかし、今回は「殺人未遂」ということで、私の中にある矛盾を解決いたしました。

ファンタジーなので「余命が見える」能力で「殺人を未然に防ぐ」という方法です。

web版では、別の展開で話が進みます。ネタバレしちゃうと、昔懐かし一工夫すると浮かび上がるメッセージなど出てきます。

本格ミステリーではなく、少年少女探偵団のような気持ちで謎を楽しんでいただけると嬉しいです。

書籍にかかわってくださった皆様、ありがとうございました。

本を手に取ってくださり、ありがとうございました。

皆様との出会いに感謝。

またどこかでお会いできる日を楽しみにしています。

富士とまと

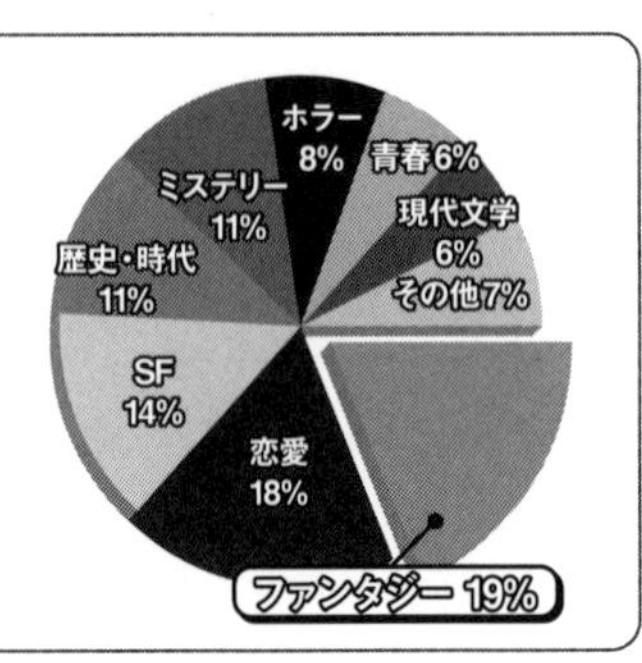

ホラー 8%
青春6%
現代文学 6%
その他7%
ミステリー 11%
歴史・時代 11%
SF 14%
恋愛 18%
ファンタジー 19%

ざまぁされた王子の三度目の人生
著：海野はな
うみの
イラスト：梅之シイ
前々世で
婚約破棄した元婚約者に
今世で
ひとめぼれ!?

愛読者アンケートに回答してカバーイラストをダウンロード！

愛読者アンケートや本書に関するご意見、富士とまと先生、新井テル子先生へのファンレターは、下記のURLまたは右のQRコードよりアクセスしてください。
アンケートにご回答いただくとカバーイラストの画像データがダウンロードできますので、壁紙などでご使用ください。
https://books.tugikuru.jp/q/202309/yomei10nen.html

本書は、「小説家になろう」（https://syosetu.com/）に掲載された作品を加筆・改稿のうえ書籍化したものです。

皇太子と婚約したら余命が10年に縮んだので、謎解きはじめます！

2023年9月25日　初版第1刷発行

著者　富士とまと

発行人　宇草 亮
発行所　ツギクル株式会社
〒106-0032　東京都港区六本木2-4-5
TEL 03-5549-1184
発売元　SBクリエイティブ株式会社
〒106-0032　東京都港区六本木2-4-5
TEL 03-5549-1201

イラスト　新井テル子
装丁　ツギクル株式会社

印刷・製本　中央精版印刷株式会社

定価はカバーに表示してあります。
乱丁本、落丁本はお取り替えいたします。

ISBN978-4-8156-2291-6
Printed in Japan